一頁 folio

始于一页，抵达世界

乐府之乐

王运熙　王国安　评注　了了　作

GUANGXI NORMAL UNIVERSITY PRESS
广西师范大学出版社
·桂林·

　　中国古代诗、乐不分，诗歌和音乐紧密结合，乐须配诗，诗必合乐。先秦时代的《诗经》，其实就是当时的乐歌。汉代初年，以清商乐为主的新音乐兴起，加上时代生活的变迁，大量的新曲调、新形式以及内容崭新的歌曲陆续产生。据史载，西汉武帝时的乐府官署开始广泛收集各类、各地的新歌诗，配上音乐演唱。其中既有贵族文人制作的宫廷乐章；更有相当部分民间作品，用以"观风俗，知厚薄"。或为皇家祭祀神灵，或为贵族娱乐欣赏，或为官署了解民情，促进了这类乐歌的传播。文学史上称之为乐府诗，后人也简称为乐府。这种由乐府机构采集各类各地歌诗的制度，为汉以后下迄魏晋南北朝所承袭，对中国诗歌的发展起了积极的作用。

　　乐府诗本来都是民间乐歌，由于形式新颖，内容多样，陆续吸引许多文人加入创作队伍。他们运用乐府诗的形式风格，有的采用乐府歌诗原来的题目和曲调进行再创作，有的更自拟新题。文人的加入，提高了乐府诗的社会地位，同时也逐渐产生了大量脱离音乐的案头之作。我们通常说文学史上的乐府诗，首先是指汉代兴起的那种入乐可歌的乐章歌诗，其次也包括后世文人模拟乐府旧题或自创乐府新题的作品。

　　乐府诗的分类、收集和编纂，历代进行这一工作的不乏其人，早在《宋书·乐志》中就有记载，但大都由于年代久远而亡佚。现存最早的乐府诗总集，收罗最宏富、分类最允当的当推宋代郭茂倩的《乐府诗集》。郭氏《乐府诗集》根据来源、用途以及音乐系统的不同，将汉魏六朝以迄唐代的乐府诗分为十二大类：郊庙歌辞、燕射歌辞、鼓吹曲辞、横吹曲辞、相和歌辞、清商曲辞、舞曲歌辞、琴曲歌辞、杂曲歌辞、近代曲辞、杂歌谣辞、新乐府辞。其中燕射歌辞汉魏作品均亡失，仅存西晋至隋代歌辞，内容无可取；舞曲和琴曲歌辞多数出自后人伪托制作；近代曲辞、新乐府辞则是唐代文人的作品。

汉魏两晋南北朝时期的乐府诗，不但是该时期音乐文学的代表，也在整个中国诗歌史以至中国文学史上有着十分重要的地位。

汉代乐府诗的精华是采自各地的俗曲民间歌辞，尤其是属清商乐的相和歌辞以及杂曲歌辞，他们犹如时代的一段段摄像，真实映现出汉代社会形形式式的矛盾冲突和广大下层民众的喜怒哀乐。他们"感于哀乐，缘事而发"，多数是形象生动的叙事诗，如长篇《焦仲卿妻》（"孔雀东南飞"）更是古代叙事诗中的杰出长篇。乐府诗在古代文学史上如此引人注目，首先得归功于这些歌辞。汉代乐府的民间歌辞开创了古代诗歌发展的新局面，可惜流传下来的大都是东汉时代的作品。

除相和、杂曲外，汉乐府郊庙歌辞中的《郊祀歌》、鼓吹曲辞中的《短箫铙歌》也值得重视，前者虽说是庙堂贵族乐歌，但也是当时音乐"新变声"的产物；尤其是《短箫铙歌》，原来虽是军乐，但实际用途很广，同民间俗曲关系密切，有倾诉恋情、诅咒战争等内容，由于西汉民歌流传绝少，更显得十分可贵。

继汉代乐府歌辞的繁荣发达，出现了建安时代文人乐府诗创作的高潮。"依前曲改作新歌"，原有曲调的沿袭，歌辞内容的创新，构成曹魏一代多数文人乐府诗的一个重要特色。这一时期最杰出的作家是曹操和曹植，他们分别代表了当时乐府诗创作的两种不同倾向：曹操的乐府诗配乐可歌，"登高必赋，及造新诗，被之管弦，皆成乐章"，大都采用汉乐府旧题，较多地保存了汉乐府曲调的传统特色；内容以反映现实为主，"借古乐写时事"堪称"诗史"。曹植则以抒写个人情感为主，摆脱音乐的羁束，在乐府领域内大力开拓诗境，表现出诗、乐分离的新的发展趋势，被誉为"乐府之变"。他们和同时代的作家曹丕、王粲、阮瑀、陈琳、繁钦和左延年等，共同造就一代文人乐府诗的繁荣。

建安以后，乐府诗一度转入低潮。至西晋太康年间虽再次蔚为风气，但拟古之风盛行，咏古事、写古意，缺乏勃勃生机，面目较汉魏时代不可为比。但也有少数作家如傅玄、张华、陆机等从不同角度进行探索，时有佳作。

东晋起，汉代的清商乐同南方的民歌结合，形成了面目一新的清商新声，也就是渊源于江南民歌的吴声歌曲、西曲歌和神弦歌。大量的乐府民间歌辞再次涌现。吴声歌曲和西曲歌辞大都采自民间，内容多为男女情爱，情调宛转缠绵，形式短小，大都为四句，主要由女伎歌唱；神弦歌则是专门颂述神鬼的祭歌，间杂有神鬼恋爱的情节，颇有民间歌辞的色彩。南朝的文人乐府诗数量也不少，但和其时乐府民间歌辞的生气勃勃形成鲜明对照的是，当时文人乐府诗却萎靡不振。梁朝以后因时代风气，文人乐府也多艳情之作，好作品难得一见。当时致力于乐府而又成就卓著的作家唯有刘宋鲍照，在诗风靡弱之际，犹如"高鸿决汉，孤鹘破霜"，发健壮高亢之音，以其《行路难》十八首，震撼乐府诗坛。

北朝的乐府诗，主要是军中马上的鼓角横吹曲辞。北朝是西北民族入据中原以后建立的政权，横吹曲又是声调悲壮的武乐，南北乐府因而显示出完全不同的特色。北朝乐府诗展现的是广阔的自然、频繁的战争、艰辛的生活、妇女的痛苦以及北方民族豪爽的性格等等。北朝乐府诗大都也是民间歌辞，多抒情短章，唯独极其著名的长篇叙事诗《木兰诗》例外。但北朝文人乐府诗却寥如晨星。

乐府诗自汉朝兴起，到六朝末，以清商乐为核心的音乐已经衰老，乐府歌辞和音乐也分道扬镳。唐代主要由西域音乐传入并结合内地音乐所形成的燕乐，乘势而起取代了清商乐的地位，盛极一时的清商乐退出历史舞台。但汉魏两晋南北朝的乐府诗，尤其是其时的民间歌辞仍像雨露般滋润着后世的诗坛。

　　唐代的文人乐府诗，无论是旧题抑或新乐府诗，不再配乐歌唱，宋、元、明、清各代，写乐府诗者不绝，也都是案头文学，所以人们通常将汉魏两晋南北朝的乐府诗作为一个独立的阶段。

　　下面对本书体例作几点说明。

　　（一）本书收汉魏两晋南北朝乐府诗一百三十余首，既较多地选录了通常所说的乐府民间歌辞，也选录了相当部分文人作品。

　　（二）入选作品按郭氏《乐府诗集》所分类别编排。其中选录较多的是相和歌辞、清商曲辞、杂曲歌辞，以及横吹曲辞；郊庙歌辞、鼓吹曲辞、琴曲歌辞和杂歌谣辞，亦有所选录。

　　（三）所选作品文字悉依郭氏《乐府诗集》（文学古籍刊行社影宋本）所载而校以有关古籍，重要的文字异同均出校记。所校各书，随校记注明。

（四）注释力求详明，乐府诗大都风格质朴，且较少背景材料，故评析主要就作品本身生发，围绕作品的思想主题、艺术特色等内容，注重就乐府诗发展的脉络分析，但亦不面面俱到。

本书的注释评析，经王运熙师指导，由我执笔。王运熙师是乐府诗研究的权威，多年来跟在他身边受益匪浅。这次又增加了不少篇目，运熙师已在几年前仙逝，无法再提出意见，也见不到本书的出版，谨在此致以深深的哀思。

王国安

2021 年 5 月

# 目录

## 清商曲辞

# 郊庙歌辞

古代帝王郊祭、庙祭时歌颂天地、祖宗的乐章。汉代有《郊祀歌》十九章用于祭天地,《安世房中歌》十七章用于祭祖宗。

# 练时日

练时日，侯有望，炳膋萧，延四方[1]。九重开，灵之斿，垂惠恩，鸿祐休[2]。灵之车，结玄云，驾飞龙，羽旄纷[3]。灵之下，若风马，左仓龙，右白虎[4]。灵之来，神哉沛，先以雨，般裔裔[5]。灵之至，庆阴阴，相放怫，震澹心[6]。灵已坐，五音饬，虞至旦，承灵亿[7]。牲茧栗，粢盛香，尊桂酒，宾八乡[8]。灵安留，吟青黄，遍观此，眺瑶堂[9]。众嫭并，绰奇丽，颜如茶，兆逐靡[10]。被华文，厕雾縠，曳阿锡，佩珠玉[11]。侠嘉夜，茝兰芳，澹容与，献嘉觞[12]。

题解 ——————— 本篇为汉《郊祀歌》十九章之一，《乐府诗集》收入郊庙歌辞。《郊祀歌》是一组祭祀天地神祇、记叙祥瑞的颂歌。乃是武帝组织当时名家所创作，已知的作者有司马相如、邹子等，汉武帝可能也参与其中。虽文辞过于深奥，在当时却堪称鸿篇巨制。梁启超评之："铭铸三《颂》《九歌》，而别成自己的生命。"（《中国之美文及其历史》）在乐府诗史中自有其影响。《练时日》位列组歌首章，是一首迎神之曲。练时日，选择吉祥之日祭祀。练，选择。

## 注释

[1]侯,发语辞。望,望祭;指祭祀日月星辰山川。炳(ruò),烧。脊(liáo)萧,牛肠油脂与艾蒿。古代祀神时焚之以散发馨香。延,引,迎接。四方,四方之神。这四句意思是说,烧香以迎接四方之神。[2]九重,天之极高之处。古人以为天有九层。九重开,即指天门开。灵,神灵。斿(liú),古同"旒";古代旌旗上的飘带。鸿,大。祜(hù),福。休,吉。这四句是说,九重天门开启,神灵之旗出现,普施恩惠,大赐幸福吉庆。[3]玄云,黑云;《楚辞·九歌·大司命》:"广开兮天门,纷吾乘兮玄云。"羽旄,古时常用鸟羽和旄牛尾为旗饰,这里指代旌旗。这四句是说,神灵之车,黑云蕴绕,飞龙为驾,旌旗纷展。[4]风马,御风之马,言其迅疾。仓,同"苍"。言左右以青龙白虎为护卫。[5]神,表情,神采。哉,表示惊叹的语气。沛,盛大的样子。般,通"班",散布。裔裔,这里形容雨水不断飘洒。这四句是说,神灵来时,气势盛大,雨水为之清道,绵绵不绝洒落。[6]庆,犹"羌",发语辞。阴阴,幽暗的样子。相,视。放怫,仿佛。震澹,震动。[7]饬(chì),整齐。且,天明。亿,疑为"意"之借字。这四句是说,神灵既坐,五音齐奏,秉承神灵之意,娱乐直至天明。[8]茧栗,茧和栗,喻指祭祀用牲畜之小。

粢盛（chéng），盛在祭器内以供祭祀的谷物。尊，酒器。宾，接引（客人）。八乡，八方；指八方诸神。[9] 吟，吟唱。青黄，《汉书·卷二十二·礼乐志》颜师古注："青黄，谓四时之乐也。"眺，望。瑶堂，指华丽的厅堂。瑶，美玉。[10] 嫭（hù），指美女；《汉书·扬雄传》："知众嫭之嫉妒兮，何必飏累之蛾眉？"绰，舒缓柔美。荼，古指茅草上的白花。兆，众；《楚辞·九章·惜诵》："行不群以颠越兮，又众兆之所仇。"逐靡，谓追逐围观而表示倾倒。[11] 被，同"披"。华文，华美的花纹。厕，杂。雾縠，薄雾般的轻纱；縠（hú），轻薄的细纱。曳，拖引。阿锡，精致的纱布；阿，精纱；锡，细布。[12] 侠，通"挟"，夹持。嘉夜，良夜。茝，即白芷，香草名。澹，安静。容与，从容、悠闲。嘉觞，美酒；觞，酒器，借指酒。

## 评析

这首迎神之曲统领组歌各章，开头四句写郊祀仪式迎接神祇的准备，选择好时日，准备好器物，然后启动祀神大典，恭迎诸神。随即九重天门开启，神灵在旌旗簇拥下出场，将普施恩惠予万民。歌辞主要采用铺叙手法，"灵之车""灵之下""灵之来""灵之至""灵已坐""灵安留"，一步步描摹神灵临飨的过程和恢弘壮阔的场面，描绘出迎接神灵下界时君主与臣民恭敬而迫切的心理状态。纷繁多样的祭品与礼器、绮丽缤纷的华服与饰品、轻摇脆响的珠玉与杯觞，都显示出诸神的赫赫威仪；伴随着雍和肃穆的乐声，恭迎神灵降临祭祀之坛。全章融入屈骚意境，尤其全部采用三字句，形式在当时颇别开生面。梁启超对本篇极为推崇，认为十九章中《练时日》《天门开》二章，想象力风度，选辞肤而不褥，实诸章最上乘"（《中国之美文及其历史》）。但此歌章毕竟用于帝王祭祀神灵，刻意讲究诘屈古奥，以至于造成"通一经之士不能独知其辞"，词意颇晦涩，就文学价值而言，仍不出应制之樊笼。

## 天地

　　天地并况，惟予有慕[1]，爰熙紫坛，思求厥路[2]。恭承禋祀，缊豫为纷[3]，黼绣周张，承神至尊[4]。千童罗舞成八溢[5]，合好效欢虞泰一[6]。九歌毕奏斐然殊[7]，鸣琴竽瑟会轩朱[8]。璆磬金鼓，灵其有喜[9]，百官济济，各敬其事[10]。盛牲实俎进闻膏[11]，神奄留，临须摇[12]。长丽前掞光耀明[13]，寒暑不忒况皇章[14]。展诗应律铫玉鸣[15]，函宫吐角激徵清[16]。发梁扬羽申以商[17]，造兹新音永久长。声气远条凤鸟翔[18]，神夕奄虞盖孔享[19]。

题解 ———————— 《练时日》后，诸神纷现，礼祭顺序先是中央黄帝、东方青帝、南方赤帝、西方白帝、北方玄帝和泰一，然后祭祀天、地。本章即是祭天地之歌。

## 注释

[1] 况，同"贶"，赐，恩赐。慕，仰慕，敬仰。首二句倒装，意谓：因我敬仰天地，故天、地一起赐福给我。《郊祀志》："天一、地一、泰一，所为三一。"这章天地一起祭祀。[2] 爰，于是。熙，兴。紫坛，紫色祭坛，祭祀大典用。这两句意思是，于是兴建紫坛，思求降神的通道。[3] 禋祀，祭祀天地之礼。《周礼·春官·大宗伯》："以禋祀祀昊天上帝，以实柴祀日月星辰。"缊豫（yūn yù），絪缊悦豫，指天地间阴阳二气交融和悦。纷，茂盛多的样子。[4] 黼（fǔ）绣，指绣有黑白斧形花纹装饰。周张，四周张设。承神句，承奉至尊之神。[5] 千童，极言参与祭祀的童男之多。罗舞，罗列舞蹈。八溢，即八佾。周代天子用的舞乐。舞队由纵横各八人，共六十四人组成。[6] 效，奉献。虞，同"娱"，欢娱。泰一，见前注。[7] 九歌，古乐曲名。《屈原·离骚》："启九辩与九歌兮，夏康娱以自纵。"汉王逸注："九辩，九歌，禹乐也。"斐然，形容有文采韵味。殊，不同，特异。[8] 会，合。轩、朱，指轩辕氏（黄帝）和朱襄。相传黄帝改造素女所鼓五十弦为二十五弦。朱襄氏作五弦瑟。这句是说，用琴、竽、瑟合奏古之乐曲。[9] 璆（qiú），美玉。璆磬，以美玉制作的磬；磬（qìng），古代一种打击乐器，悬挂于架上，击之发声。[10]

济济，形容阵容盛大整齐。敬，谨慎恭敬对待。[11]牲，特指祭祀用的牲畜。俎，祭祀时放祭品的器物。膏，溶化的肉脂；这里指肉膏之香味。这句是说，将牲置放于俎内，神降临歆享闻到其香味。[12]奄留，淹留，久留，这里有徘徊之意。须摇，须臾。这两句是说，神徘徊之间，居高临视了一会儿。[13]长丽，应即指后句中的"凤鸟"。㛤（yàn），《汉书·礼乐志》注："㛤，即光炎字。长丽，灵鸟也。"[14]寒暑不忒，四时运行正常。忒，差，差错。况皇章，赐皇以礼制法令，即授权于皇。[15]展诗，呈诵歌诗。应律，应合乐律。锵玉鸣，玉器相击之声。锵，"玚"之借字，玉佩。这句是说，展诵歌诗配以乐律，其声如玚玉和鸣。[16]函，同含，蕴含。吐、激，均指演奏乐曲。宫、角、徵（zhǐ），以及下句之"羽""商"，即为古代的五音。其中"徵"音，古人认为最清越。[17]发梁，歌声绕梁不绝，扬、申、同上句之函、吐、激，均指不同的演奏发音。[18]条，达。[19]奄，淹，久。虞，娱，欢娱。盖，语辞，无义。孔，甚。这句是说，神逗留在这黄昏之际，甚为欢娱享受。

古先民心目中的天、地之神灵，显然是至高无上的。《郊祀志》："天一、地一、泰一，所为三一"，是神灵中的"至尊"。乐章祭祀天、地，自然规模宏大，气势踔厉。此章极力铺叙祭祀天、地"至尊"之神时的环境、排场，歌舞纷呈，群乐齐奏。全篇分三层，首层八句写敬慕于天、地之神，恭敬迎接；次层"千童"句起写神灵降临，描摹迎神之歌舞乐曲、供神之祭品牲畜和神灵降临赐福；最后一层"展诗"六句，是赞美祭祀之歌的新颖美好，神灵兴趣盎然，欢娱享受。歌辞没有像《诗经》"周颂"祭祀天地那样表达敬畏、祈祷国祚，笔墨全落在渲染娱神声伎上。这首歌辞的形式也很有特色，四字句、三字句和七字句交互使用，以赋家铺扬之笔作歌，辞采缤纷而又古奥典重；取法诗骚，出于创撰，充分显示出"新变声"的文字特色，成为后世以七言为主的杂体诗的滥觞。

**日出入**

　　日出入安穷[1]？时世不与人同[2]。故春非我春，夏非我夏，秋非我秋，冬非我冬。泊如四海之池[3]，遍观是邪谓何[4]？吾知所乐[5]，独乐六龙[6]。六龙之调[7]，使我心若[8]。訾[9]，黄其何不徕下[10]！

题解 ——— 本篇是一篇祭祀太阳神之歌。朱乾谓此诗"叹日之循环无穷，而人之年寿有限，因有乘龙上升之想"（《乐府正义》）。

## 注释

[1] 安穷，何有穷尽。安，何。穷，尽。[2] 时世，指自然界之时序变化，与社会人事变化相对。一说，犹时代。[3] 泊如，犹"泊然"，飘泊而无所附着的样子。四海之池，即谓四海。[4] 是，此。邪，语助词。谓何，还说什么呢。[5] 知，一说疑作"私"。[6] 六龙，古代传说日车以六龙（龙马）为驾，巡行天下。日出日入，即为日神驾六龙巡天，以成昼夜。[7] 调，发。一说，协调之意，指龙马步伐配合协调。[8] 若，顺，此有愉悦之意。[9] 訾（zǐ），嗟叹之词。[10] 黄，指乘黄，传说中龙翼马身之神马名。《汉书》应劭注："乘黄，龙翼马身，黄帝乘之而上仙者。"按：此即前所谓"六龙"。一说，"訾黄"当连读，同紫黄，即乘黄。倈，同"来"。

## 评析

这首祀日之歌，先凭空发问：太阳朝升夕降，出入天地，何有穷止之时？旋又笔势陡转，慨叹太阳之"时世"与人类绝然不同，写出面对日神运行不息、亘古长存而产生的人类渺小、生命短促之感慨。"故春非我春"四句更将此感慨推向极致："世长寿短，石火电光，岂可漫谓为我之岁邪？不若还之太空，听其自春自夏自秋自冬而已耳！"（陈本礼《汉诗统笺》）"泊如"二句，承前启后，四海之水，鼓荡不已，就像人之寿命不断消逝，观此岂不益增无奈之情？所"乐"者为"六龙"，正是感生命短促而盼求能如日神之永恒。然龙马却总是渺无踪影，不见降临。结末处，企羡之意、失望之情交织融合。

# 鼓吹曲辞

原是军乐的歌辞。乐器主要有鼓、箫和笳，"鼓吹"就是击鼓吹箫笳之意。汉代鼓吹曲还用于朝廷节日大会和帝王出行仪仗等，借军乐以壮声威，甚至大臣殡葬送丧都用之。

# 战城南

战城南，死郭北[1]，野死不葬乌可食[2]。为我谓乌："且为客豪[3]。野死谅不葬[4]，腐肉安能去子逃[5]！"水深激激[6]，蒲苇冥冥[7]，枭骑战斗死[8]，驽马徘徊鸣[9]。梁筑室[10]，何以南，何以北[11]！禾黍不获君何食[12]？愿为忠臣安可得[13]？思子良臣[14]，良臣诚可思。朝行出攻[15]，暮不夜归。

**题解** —————————— 本篇是一首哀悼阵亡将士的悲歌。汉《铙歌》中序战阵之事的仅此一篇。

## 注释

[1]郭，外城。按：此处"城南""郭北"，互文，泛指城郊。[2]野死，死于荒野。[3]客，指战死者；因战死于异乡，故称"客"。豪，同"嚎"，号哭。[4]谅，想必。[5]安能，怎么能。去子逃，离开你而逃走。子，此指乌鸦。[6]激激，水深而清澈。[7]冥冥，昏暗幽深。[8]枭骑，烈性马；此又兼暗喻勇猛之士。[9]驽马，劣马。[10]梁，指桥梁。筑室，此处当指构筑用于军事的工事、堡垒。[11]这二句意指社会混乱，道路阻塞，行人又怎能南来北往呢！[12]禾黍，泛指谷物。获，收获。[13]安可得，不得为忠臣之意。[14]子，此指战死者。良臣，犹言"国士"。[15]出攻，出征。

## 评析

此诗分两部分。前半部分是一幅血战过后尸横遍野、老鸦啄食的死寂画面；后半部分用一串尖锐的责问宣泄将士们的愤激之情。构思颇新奇。写乌啄尸骸，不作正面描绘，而是突发异想，恳请乌鸦且慢啄食，先为这些异乡客号哭招魂。后半部分连用四句反诘，批判锋芒，直指最高统治者。全诗一概略去双方交战的激烈场面，而将笔触集中在精心选择的战后场景中。夹叙夹叹，以叙揭露战争恶果，以叹表达悲悼深情。汉代自武帝起，接连发动战争，"当此之时，军旅数发，父战死于前，子斗伤于后，女子乘亭障，孤儿号于道，老母寡妇，饮泣巷哭"（《汉书·贾捐之传》）。本篇即从一个侧面为此写照，堪称千古诅咒战争之绝唱。

# 巫山高

巫山高，高以大<sup>[1]</sup>。淮水深，深以逝<sup>[2]</sup>。我欲东归，害梁不为<sup>[3]</sup>？我集无高曳<sup>[4]</sup>，水何梁汤汤回回<sup>[5]</sup>。临水远望，泣下沾衣。远道之人心思归，谓之何<sup>[6]</sup>！

**题解** —————— 本篇写游子思乡欲归不得之情。诗言"巫山""淮水"，不过托言山高水深，以明不能归乡之由，非必人在巫山、淮水之地。巫山，山名，在今四川巫山县东南，临长江。山形如"巫"字，故名。其江峡即为巫峡。

## 注释

[1] 以，且、而且。下同。[2] 淮水，河流名，即今淮河。原为古四渎之一，源出河南桐柏山，东经安徽、江苏入洪泽湖，合运河汇长江入海。逝，指水流迅疾。[3] 害，读作"曷（hé）"，同"何"。梁，表声词，下同。此句意为既欲东归，又为何不如此做呢。[4] 集，止，滞留。高曳，即篙楫，驶船用之长竹及揖。此泛指撑船工具。[5] 汤汤（shāng shāng），水势浩大的样子。回回，水流回旋的样子。[6] 谓之何，还说它干什么。

## 评析

古代交通不便，山川阻塞，故多有怀乡思归之作。此诗首四句极言山高水深，两个"以"字递进连用，突出路途之艰难险阻，融入诗人面对险途之沉重心情。"我欲东归"，点出主题；"害不为"，引出不归的缘故：没有舟楫，安能渡过"汤汤回回"之洪流呢！他自然只能"临水远望"以当归。诗由山落笔，继之以水，后又集中笔墨于水。末以一句无可奈何的悲叹。诗首四句写景皆用三言，十分齐整；后八句则随着感情的起伏，三、四、五、七言，长长短短，错落使用，使全篇产生一种抑郁悲慨的旋律。胡应麟谓"（铙歌）陈事述情，句格峥嵘，兴象标举，峻峭莫并"（《诗薮·内编》），于此诗颇可见一斑。

# 有所思

有所思，乃在大海南[1]。何用问遗君[2]？双珠玳瑁簪[3]，用玉绍缭之[4]。闻君有他心，拉杂摧烧之[5]；摧烧之，当风扬其灰。从今以往，勿复相思。相思与君绝[6]！鸡鸣狗吠，兄嫂当知之[7]。妃呼豨[8]，秋风肃肃晨风飔[9]，东方须臾高知之[10]。

**题解** ————————— 此篇写一痴情女子在得悉恋人变心后的心理变化。本篇及《上邪》都是描写爱情之作。庄述祖认为两诗"当为一篇"，前后联系，是"叙男女相谓之词"(《汉铙歌句解》)。闻一多则谓："细玩两诗，不见问答之意。反之，以为皆女子之辞，弥觉曲折反复，声情顽艳。"(《乐府诗笺》)后人颇从其说，故仍作两首独立之作看待。

# 注释

[1] 乃，竟。[2] 何用，即"用何"，用什么。问遗（wèi），二字同义，犹言赠与。为汉代习用联语。[3] 玳瑁（dài mào），龟类，甲壳光滑而多文采，可制装饰品。簪，发簪。古人用以连接发髻和冠的饰物。[4] 绍缭，缠绕。[5] 拉，折断。杂，粉碎。摧，毁坏。[6] 绝，断绝。指不再思念。[7] 这句是说，当初私下幽会之际，惊动鸡狗，兄嫂难免有所察觉。言下之意是如今又当怎么办呢？[8] 妃呼狶，表声词，无义。徐祯卿《谈艺录》："乐府中有'妃呼狶''伊阿那'诸语，本自亡（无）义，但补乐中之音。"闻一多《乐府诗笺》则疑"妃呼狶"系"乐工所记表情动作之旁注"。并谓："'妃'读为'悲'，'呼狶'读为'欧歇'。'悲欧歇'者，歌者至此当作悲切之状也。"[9] 肃肃，象声词，象风声。晨风，鸟名。雉属。古人常以雉鸣喻求偶之义。飔（sì），疑为"思"字之讹。一说，飔，疾风，此处指鸟飞的迅疾。[10] 须臾，片刻之间。高，同"皓"，白。东方高，东方发白，天色渐明。知之，知道该如何做。

此诗写一痴情女子，心上人即使远在天涯，她仍念念不忘，精心饰簪以"双珠"，还要"用玉绍缭之"而相赠，如此珍重，正显示出爱的深度。但是，一旦"闻君有他心"，则将簪"拉杂摧烧"，犹不解恨，更要"当风扬其灰"。诗用一支发簪为道具，将女子爱和恨两个特写镜头缀联一起，凸现出其爱憎强烈的性格，真是"不如此描写，不足以见女子一时憨恨之态"（陈本礼《汉诗统笺》）。然而焚簪扬灰，自当是初闻变故时的瞬间冲动，旧日情爱毕竟难以完全割断，回想起当初私下相恋，倍觉情长，更使她难以最后拿定主意。"东方须臾高知之"，左右两难。正如沈德潜所言："怨而怒矣，然怒之切，正望之深。"（《古诗源》）

上邪

上邪！我欲与君相知[1]，长命无绝衰[2]。山无陵[3]，江水为竭，冬雷震震，夏雨雪[4]，天地合，乃敢与君绝[5]！

题解 ——— 旧说谓本篇是"盟诅之词"，即结盟订约之际的誓言（参见朱乾《乐府正义》），今人大都视之为情歌，认为是一个女子所唱的爱情誓言。上邪，犹言"天啊"，庄述祖谓"指天日以自明也"（《汉铙歌句解》）。

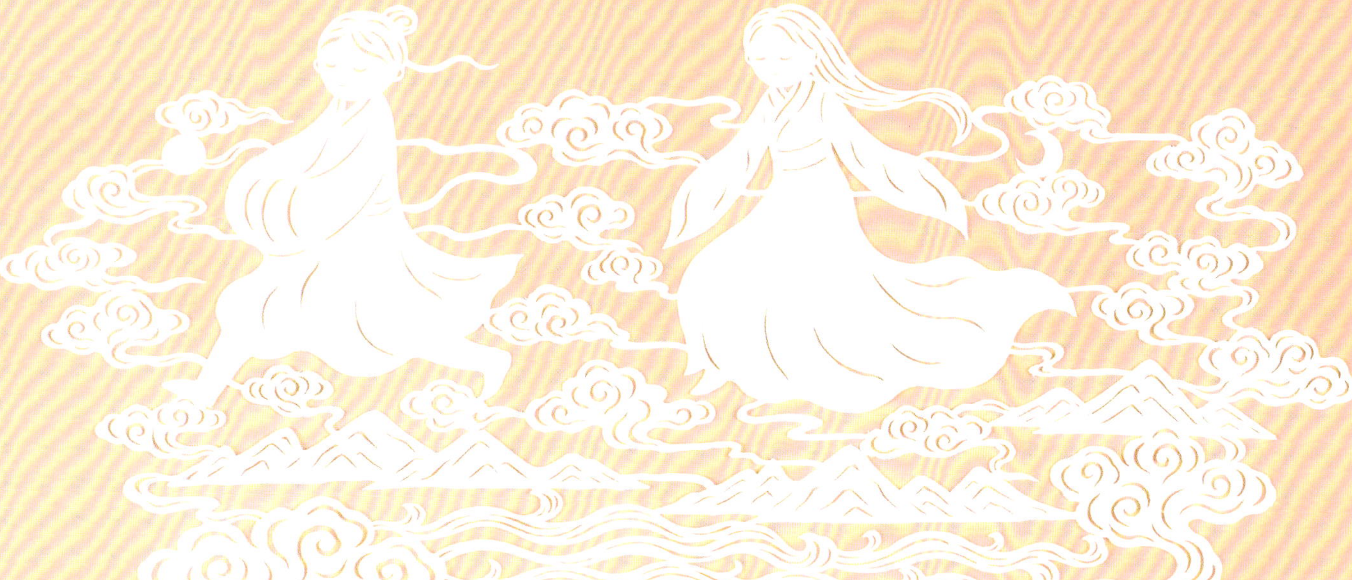

## 注释

[1] 相知，相亲相爱。[2] 长命，即长使、永教之意。命，令。[3] 陵，山峰。[4] 雨（yù）雪，下雪。雨用作动词。[5] 绝，断绝。

## 评析

开篇一声"上邪"，无端而来，一下子把女主人公的激情推向高潮。她为何要激动得呼天呢？"我欲与君相知，长命无绝衰"，是神圣的爱情使她情感迸发。一个"欲"字，表达了她敢于大胆追求爱情幸福的性格。这两句用的还是陈述笔调，尽管感情强烈，但就全诗而言，仍只是铺垫之词，犹如浪峰迸发之际的蓄势震荡，然后一浪高于一浪，接连五个奇特想象一涌而出。"乃敢与君绝"，一笔收束全篇，真有力挽千钧之势。古今无数爱情诗，就表现之大胆炽烈而言，《上邪》堪称首屈一指，难怪胡应麟要惊叹："《上邪》言情，短章中之神品。"（《诗薮·内编》）

朱鹭，鱼以乌<sup>[1]</sup>，路訾邪<sup>[2]</sup>，鹭何食？食茄下<sup>[3]</sup>。不之食<sup>[4]</sup>，不以吐，将以问谏者<sup>[5]</sup>。

**题解** ──────── 本篇是一篇咏谏鼓之作，"盖因饰鼓以鹭而名曲"（《乐府诗集·朱鹭》题注）。鹭，水鸟名，嘴尖而直，颈长而细，善捕鱼。古时常用朱色鹭鸟作为鼓上的纹饰。

## 注释

[1] 鱼以乌，与下"路訾邪"皆为表声之词，无意义，见下注。一说，以，同"已"。乌，通"歍（wū）"，食而欲吐之意。[2] 路訾邪，明徐祯卿《谈艺录》："乐府中有'妃呼豨''伊阿那'诸语，本自亡（无）义，但补乐中之音。"此处"路訾邪"亦属此类。[3] 茄，古"荷"字。[4] 不之食，犹言"不食之"。[5] 问，存问，赠送。谏者，汉代负责检察权贵和违法官员的官员。

## 评析

古时朝廷设有谏鼓，谏者击鼓以入。所谓"禹立谏鼓于朝"（《管子·桓公问》），可见此传统出现之早。至于谏鼓何以用鹭鸟为饰呢？清陈沆则说："饰鼓以鹭，取其得鱼而吐，犹直臣闻里外臧否，必入告其君也。"（《诗比兴笺》）虽属推测，但比照此诗，不能不承认其确有妙悟。此诗写朱鹭含鱼，"不之食，不以吐"，显然借题发挥，讽刺那些谏臣。诗虽为咏谏鼓，但通篇落笔全在鼓饰，紧扣图案中朱鹭之形状，抓住朱鹭吞食鱼儿之特征，达到既传鹭鸟之形，又见作者之意的目的。词虽简古而意颇深刻，是一首成功的早期咏物之作。

# 钓竿行

曹丕

东越河济水[1]，遥望大海涯[2]。钓竿何珊珊[3]，鱼尾何簁簁[4]。行路之好者[5]，芳饵欲何为[6]？

**题解** —————— 曹丕，字子桓，曹操次子。其所作乐府大多质朴自然，不加雕饰，在形式方面也多有突破，四言、五言、七言和杂言各体毕备。本篇描述一天真少女娇言婉拒他人的爱慕之情。

[1] 河、济，指黄河和济水。[2] 涯，边。
[3] 何，多么。珊珊，缓缓移动的样子；
这里形容鱼儿上钩后，钓竿收拢时缓缓颤
动。[4] 箷箷（shāi），形容鱼尾湿润摆动
的样子。[5] 好（haò），爱悦。[6] 芳饵，
香饵，用以诱鱼上钩的食物。这两句意为：
爱慕我的那个路人虽抛出香饵，但我是不
会上钩的。

钓鱼，在古歌谣中常用来象征男女爱情。"岂
不尔思，远莫致之。"《白头吟》中"竹竿""鱼尾"
之喻亦是。本篇则通首皆用钓竿、鱼儿为比喻。
鱼儿穿越黄河、济水，眺望大海，她在寻求什
么呢？从后两句看，显然在追求爱情幸福，有
行路者向她抛出"芳饵"，表示爱慕，可她却
一点也不动心，描绘出一个执著于爱情的天真
少女形象。构思生动活泼。无一字提及男女情
爱，字里行间却洋溢着爱的甜蜜。至于风格淡
雅，尤令人称道。王夫之读此诗后，为之击节
而叹曰："读子桓乐府，即如引人于张乐之野，
冷风善月，人世凌嚣之气淘汰俱尽，古人所贵
于乐者，将无在此？"（《船山古诗评选》）

千里常思归，登台临绮翼<sup>[1]</sup>。才见孤鸟还，未辨连山极。四面动清风，朝夜起寒色。谁知倦游者<sup>[2]</sup>，嗟此故乡忆。

临高台

谢朓

**题解** ——————— 谢朓，南朝齐陈郡阳夏（今河南太康）人。少有才名，与同族谢灵运先后媲美，世称"小谢"。齐废帝东昏侯即位，因拒绝参与始安王萧遥光篡位之谋，被诬下狱死，年仅三十六岁。此诗用旧题写登台怀乡、"临望伤情"（《乐府解题》）之意，是作者在荆州为随王萧子隆文学侍从时所作。

## 注释

[1] 绮翼，华美的飞檐。[2] 倦游者，倦于奔走求官之人。此为作者自指。

## 评析

诗首句即点出题旨：思归。因"思归"而登台，三、四句承登台写目之所见。然"孤鸟"倦飞尚能还巢，诗人却只能凭栏眺望，峰峦连绵，未能辨识家山何在。五、六句写身之所感：四周凉风习习；暮色降临，唯觉寒气袭人，暗示在台上徘徊已久。最后两句道出思归之因：倦于游宦。作者虽文才早露，但至今仍屈居于卑微的诸侯王文学侍从，难怪他要发出"倦游"之叹。但这种心境，又能向谁去倾诉呢？"谁知""嗟此"，辛酸之情，难以自抑。此诗用乐府旧题，且借用旧题题面之意，此后王融、萧纲、沈约、陈后主诸人所作，均将"临高台"曲名视作诗题，是受此诗的影响。

# 横吹曲辞

从北方少数民族传来的军乐的歌辞。横吹曲乐器有鼓、角，故后世又叫鼓角横吹曲。相传汉横吹曲始由张骞从西域传入，李延年据西域胡乐更造新声二十八曲。

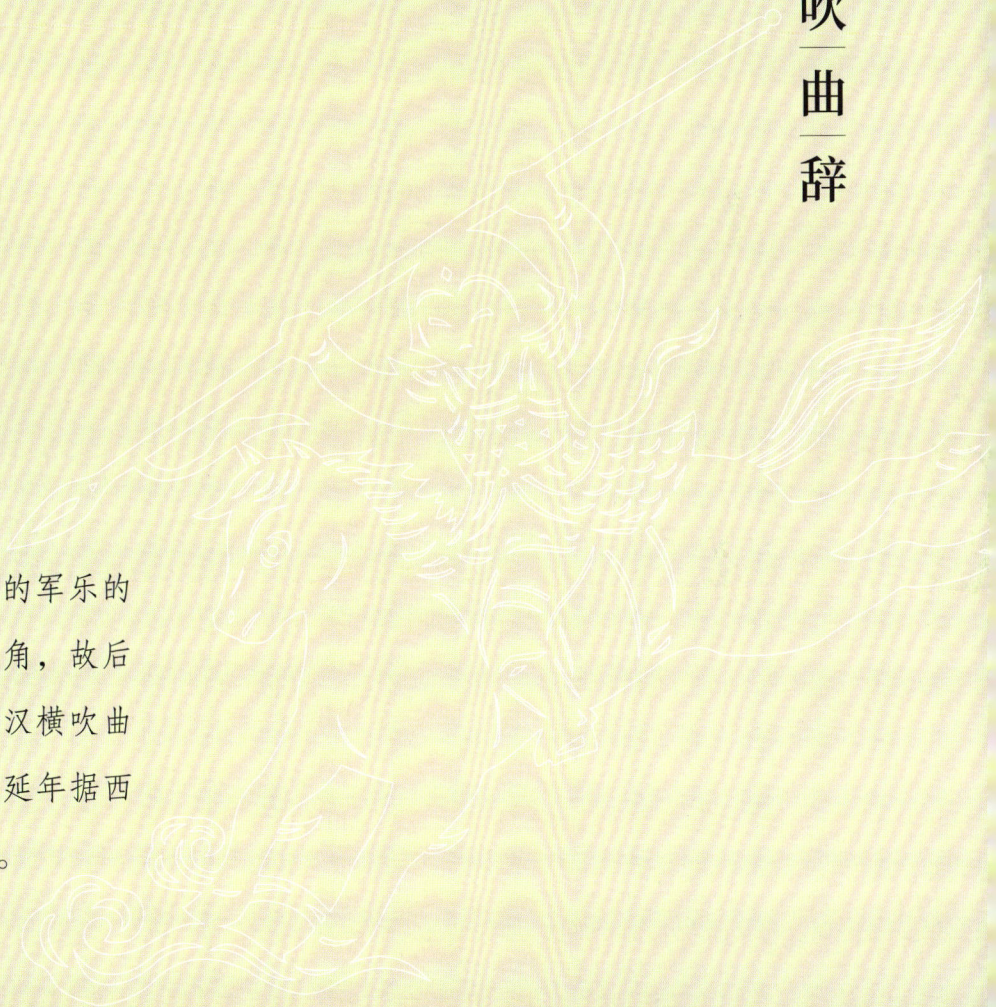

**企喻歌**

（一）

男儿欲作健[1]，结伴不须多。鹞子经天飞[2]，群雀两向波[3]。

题解 —————— 此曲共四首。据《古今乐录》，本是"燕魏之际鲜卑歌也。其词
虏音，竟不可晓"。流传诸作，大约都经过翻译加工。兹选二首。
原列第一、第四。

[1] 作健，犹言"称雄"。健，即健儿、壮士、勇士之意，指军中士卒。[2] 鹞子，猛禽，似鹰而略小，古人多蓄养之以捕鸟雀。[3] 两向波，如同波浪向两边分开。一说，"波"为"播"的借字，即逃散之意。

此诗表现北方民族以雄武自夸的心理。"鹞子冲天"，喻指男子的勇武。"群雀两向波"，是言群雀"两向分飞以避之，如波之分散也"（张玉谷《古诗赏析》），比喻辟易万人的气势。《企喻歌》在鲜卑歌谣中以"刚猛激烈"著称，于此篇亦可管窥一斑。

（二）

男儿可怜虫，出门怀死忧。尸丧狭谷中，白骨无人收[1]。

## 评析

本篇原列《企喻歌》第四。《古今乐录》说有人认为是前秦苻融作。苻融，前秦皇帝苻坚弟，文武兼具，《晋书》有传。此诗粗直少文，恐未必出苻融之手，姑以存疑。对诗意的理解亦有分歧。或以为作者崇尚勇武，视"出门怀死忧"者为"可怜虫"，战士何妨弃尸荒野。理由是，今存《企喻歌》四首，前三首均为豪放之词，此首当亦然。其实《企喻歌》非一时一人所作，对战争的看法亦不必一致。况当国势衰微、兵败如山倒之时，即使尚武民族，观念也会随之改变。此诗前两句谓男儿真"可怜虫"也，出门之际已担惊受怕，心知必死。后两句所展示的尸横遍野、白骨狼藉的惨景，正是造成男儿心理阴影的直接原因。于诗可见长期的战争给北方民族带来的深重灾难和沉重的心理压力。

# 琅琊王歌<sup>[一]</sup>

新买五尺刀，悬著中梁柱。一日三摩挲<sup>[2]</sup>，剧于十五女<sup>[3]</sup>。

## 注释

[1] 琅琊系今山东一带地名。《琅琊王》曲名起源不详。《乐府诗集》收入八首。本首原列第一，写爱刀之情。[2] 摩挲，用手抚摩，表示爱抚之意。原作"摩娑"，据《古乐府》改。[3] 剧，甚，超过、胜过。

## 评析

首句写买刀。"买"固然因为喜爱，何况是"新买"之物。次句写观刀。特意挂在最显目的"中梁柱"，可见视之不同于一般。第三句写玩刀。"一日"而"三摩挲"，酷爱之至，不言自明。三句皆客观叙说，尚处于"蓄势"阶段。最后一句突然荡开："剧于十五女"，爱刀竟远胜于对青春少女之爱，这就把北方男子唯刀是爱，唯武是尚的风气写尽了。不独情真，抑亦语妙，把"尚武"这一北朝乐府中屡见的题材写得生面别开。

（一）

高高山头树，风吹叶落去。一去数千里，何当还故处！

评析 ————————————

北朝长期兵连祸结，各少数民族军事集团为掠取兵源劳力，一再大规模迁移民众。后赵将石聪"虏寿春二万户以归"（《资治通鉴·晋纪》），石勒"徙氐、羌十五万落于冀州"（《晋书·载记》），姚苌"徙安定五千余户于长安"（《十六国春秋》）。此诗很可能即是被迫迁徙的民众的哀歌。

（二）

　　十五从军征，八十始得归。道逢乡里人，家中有阿谁[1]？遥望是君家，松柏冢累累[2]。兔从狗窦入[3]，雉从梁上飞[4]。中庭生旅谷[5]，井上生旅葵[6]。舂谷持作饭，采葵持作羹[7]。羹饭一时熟[8]，不知贻阿谁[9]？出门东向看，泪落沾我衣。

注释 ——————

[1]阿，语助词，无实义。这句是老军人的问话。[2]冢，坟。累累，通"垒垒"。两句是乡里人的答话。[3]狗窦，狗洞。[4]雉，野鸡。梁，屋梁。[5]中庭，庭中，院子。旅谷，野生的谷子。旅，寄生。下句"旅葵"之"旅"同。[6]葵，植物名，又名冬葵，嫩叶可食。[7]羹，汤。[8]一时，即刻，很快。[9]贻，赠，给。

从十五岁到八十岁,老兵六十五年的从军生活,其间多少艰辛,多少思念,仅用开头两句看似随意的话概括。一个"始"字,更突出了他郁结心头的悲愤。接着将笔墨集中到归乡的瞬间:道逢乡里人的问答、家园满目凄凉的情景和煮葵作饭无家人共享的惨况。随着这三个场景的先后展开,老兵悲愤难抑的沉痛感情亦在不断加重。因为裁剪得法,故在短小篇幅内却能作充分的叙说和渲染,使诗篇不但具有完整的故事情节和具体的人物活动,更显得文笔充裕,从容不迫,绝无局促紧窄之感。全诗纯以白描出之,读来却撼人心绪,难怪前人要称之为"悲痛之极辞"(陈祚明《采菽堂古诗选》)。

# 地驱歌乐辞

（一）

驱羊入谷，白羊在前。老女不嫁<sup>[1]</sup>，蹋地唤天<sup>[2]</sup>。

## 注释

[1] 老女，犹今言"老姑娘"。 [2] 蹋地，跺脚。

## 评析

北朝兵祸绵延，人口锐减，丁壮大都临阵作战，甚至战死沙场，这也导致觅婿困难。诗后两句即是一老姑娘的痴呼悲号，老女不得嫁人，怎教她不跺脚呼天呢？诗前两句是起兴，这是民歌常用手法。古代北方是游牧民族活跃地区，民歌中出现的事物时或带有浓厚的北方色彩。"驱羊入谷，白羊在前"，是北方牧地常景，再如"风吹草低见牛羊"（《敕勒歌》），"心中不能言，腹作车轮旋"（《黄淡思歌》），取状譬物，无不如此。

（二）

侧侧力力[1]，念君无极[2]。枕郎左臂，随郎转侧[3]。

## 注释

[1] 侧侧、力力，皆叹息之声，均象声词。[2] 无极，无有终止。[3] 转侧，翻转，转身。

## 评析

诗首两句是女子向情郎倾诉相思情怀；后两句写女子为情颠倒的痴情，即为"无极"二字的注脚。这种大胆坦露的表达方式，在南朝姑娘看来或许会感到不雅，但这正是北朝女子的率直可爱之处。

# 地驱乐歌 三

月明光光星欲堕[2]，欲来不来早语我。

## 注释

[1] 与前《地驱歌乐辞》不同，别为一曲名。

[2] 堕：坠落。

## 评析

此为斥情郎爽约之歌。首句写景，暗示其伫待已久。当情郎久久不来时，她不是自怨自艾、悲感伤心，而是快人快语："要来还是不来，早点儿告诉我。"活脱脱描绘出北朝姑娘爽快的性格特点。

雨雪霏霏雀劳利[1]，长嘴饱满短嘴饥[2]。

## 注释

[1] 劳利，劳苦之意。[2] 长嘴，喙长的鸟。

## 评析

此诗与前篇《地驱乐歌》同为古乐府最短之篇章。仅二句十四字，画出一幅大雪纷飞中鸟儿觅食的图景。其中"长嘴""短嘴"，显有所喻，前者当指钻营投机、手腕高明之辈，短嘴则是忠厚老实之人。前者"饱满"而后者"饥"，影射社会上的不公平现象。

# 捉搦歌

（一）

谁家女子能行步<sup>[1]</sup>？反著夹禅后裙露<sup>[2]</sup>。天生男女共一处，愿得两个成翁姬<sup>[3]</sup>。

题解 —————————— 此曲共四首，是当时北方男女间相戏嘲谑之歌。兹选两首，原列第二、第四。捉搦（nuò），捉弄、嘲谑之意。

[1]能行步，指步履快捷。[2]禅（dān），夹衣和单衣。北朝女子服饰，上身穿对襟大袖衫，下穿长裙，如上衣前后反穿，后裙就会露出[3]成翁妪（yù），这里为结成夫妇、白头偕老之意。妪，老妇人。

这是一首带有戏谑色彩的求爱歌。诗中女子大约走路很快，穿着随便，所以男子一上来就嘲笑。"谁家女子"，先用设问的方式以期引起对方注意；"能行步"，是夸赞，但不赞其美，反赞其擅长快步，岂不令人哭笑不得？次句嘲她衣衫穿着不合规矩，夹禅当正穿，她却"反著"，以致后裙外露，不合"服裙不居外"（刘熙《释名》）的传统习惯。这里的嘲笑，实是引起对方关注的手段，也可以说是男子表达爱慕之情的曲折方式。故而后面两句一变而为直截了当的求爱。"天生男女"就是为了让他们成双结对，白头偕老。诗明白如话，于戏谑中见真情。

（二）

黄桑柘屐蒲子履[1]，中央有丝两头系[2]。小时怜母大怜婿[3]，何不早嫁论家计[4]。

注释 —————— [1] 黄桑柘屐（zhè jī），用黄桑制作的木鞋。柘，即黄桑，质坚硬细密，可制器物。蒲子履，蒲草编的草鞋。[2] 丝，丝绳。原作"系"，据左克明《古乐府》改。木屐和草鞋中间都有丝带把两边系住。[3] 怜，爱。婿，夫婿。[4] 论家计，主持门户之意。

此首亦男子口吻，带有戏谑色彩。木屐草鞋，用作兴喻，一则以见人物的劳动者身份，再则屐鞋物物成双，容易引发婚配的联想。次句"丝"，暗谐"思"。"两头系"自然是指下文的母亲和夫婿。三、四句是求爱，但不像前首那样直接表达，而是抓住姑娘随着年龄增长而产生的微妙心理变化；髻龄之际，女孩子依依恋母，一旦长大，"有女怀春"，岂不都渴慕着如意郎君？这样，"何不早嫁"就成了顺理成章的结论。清人刘熙载说："古乐府中至语，本只是常语，一经道出，便成独得。"（《艺概·诗概》）"小时怜母大怜婿"及前首之"天生男女共一处"，皆足以当之。

# 折杨柳歌辞

（一）

上马不捉鞭[1]，反折杨柳枝。蹀座吹长笛[2]，愁杀行客儿。

题解 ———————— 这是写送别的诗。"柳"与"留"
谐音，故折柳有留客之意。

## 注释

[1] 捉鞭，拿起马鞭。捉，抓、拿。[2] 蹀座，此为偏义复词，取"坐"义。蹀（dié），行；座，同"坐"。长笛，指当时流行北方的羌笛。

## 评析

"行客"告别亲友远行之际，"上马"后理当挥鞭启程，可他却"不捉鞭"，反而探身去折一枝杨柳。柳者，留也，在古代习俗中是作为惜别的象征。这一细节，正表现出他依依惜别的心情。此时更传来悠悠长笛之声，令人怅惘，别情难抑！诗前三句纯用叙事代抒情，不明言离愁，而巧妙地用"柳枝""长笛"象征离情的事物意象作垫衬，逼出最后"愁杀"两字。

（二）

腹中愁不乐，愿作郎马鞭。出入揽郎臂[1]，蹀座郎膝边。

注释 ————————————————

[1] 揽（huǎn），系，拴。

评析 ————————————————

"愁不乐"，点出与"郎"经常离别，故女子大发奇想，希望成为心上人的马鞭，终日伴随情郎身边。诗蕴藉有致，颇带南方吴声西曲的柔情；但又有不同，"愿作郎马鞭"的痴想，就明显带有北方器物的特征。诗以刚健之笔抒温婉之情，于爽健之中寓缠绵情致。

（三）

遥看孟津河<sup>[1]</sup>，杨柳郁婆娑<sup>[2]</sup>。我是虏家儿<sup>[3]</sup>，不解汉儿歌。

## 注释

[1] 津河，指孟津边的黄河。孟津，黄河渡口名，在今河南孟津县南。[2] 郁，树木茂密状。婆娑，盘旋舞动。此指杨柳随风摇曳的样子。[3] 虏家儿，犹言"胡儿"。

## 评析

读此诗当注意两点。其一，作者当是北方少数民族之人，他显然习惯于北方大漠生涯，来到中原沃土为时未久。故"遥望"之际，对"杨柳郁婆娑"的中原景物倍觉新鲜。其二，此诗原当用北族语言，经过汉译。"虏家儿"者，即出诸汉人译笔，北方民族断不会用此贬词自称。

（四）

健儿须快马，快马须健儿。趵跋黄尘下[1]，然后别雄雌[2]。

## 注释

[1]趵跋（bì bá），快马飞奔时马蹄击地声。[2]
别雄雌，犹言"分高低""决胜负"。

## 评析

此诗所写似是一场激烈的马赛前的情景。赛
马场上，人强马壮，跃跃欲试。作者不禁感叹：
健儿要获胜，必须依靠骏马；但快马要显示
出其善奔，亦须依靠骑术高明的健儿。"趵跋
黄尘"，动人心魄，展示出万马奔腾的壮阔景
象。这是作者的揣想之辞。场景阔大，有阳
刚的美感。

## 折杨柳枝歌

门前一株枣，岁岁不知老。阿婆不嫁女[1]，那得孙儿抱。

注释

[1] 阿婆，此指母亲。

评析

一女子迫切求嫁，但阻止她出嫁的却是母亲，故只能委婉陈情。诗用门前枣树起兴，"岁岁不知老"，言下自己却是"岁岁知老"。后二句表露求嫁心愿，但不直接申说，而以早日抱孙儿来打动母亲。

快马常苦瘦，剿儿常苦贫[2]。黄禾起羸马[3]，有钱始作人。

## 注释

[1]《艺文类聚》卷十九记载：休屠族人陈武，曾于边境学《幽州马客吟》。此曲在西晋前后当已出现。[2] 剿儿，辛劳的人。剿，劳。[3] 黄禾，谷物。此指喂马用的精饲料。起羸马，使瘦弱的马强壮起来。羸（léi），瘦弱。

## 评析

此诗慨叹社会贫富不均。以快马苦瘦，兴剿儿苦贫；以黄禾能使羸马壮硕，兴有钱始能做人。错综安排，颇见匠心。

唧唧复唧唧[1]，木兰当户织[2]。不闻机杼声[3]，唯闻女叹息。问女何所思，问女何所忆。女亦无所思，女亦无所忆。昨夜见军帖[4]，可汗大点兵[5]。军书十二卷[6]，卷卷有爷名。阿爷无大儿，木兰无长兄。愿为市鞍马[7]，从此替爷征。

东市买骏马，西市买鞍鞯[8]。南市买辔头[9]，北市买长鞭。旦辞爷娘去，暮宿黄河边。不闻爷娘唤女声，但闻黄河流水鸣溅溅[10]。旦辞黄河去，暮宿黑山头[11]，不闻爷娘唤女声，但闻燕山胡骑声啾啾[12]。

万里赴戎机[13]，关山度若飞。朔气传金柝[14]，寒光照铁衣[15]。将军百战死，壮士十年归。归来见天子，天子坐明堂[16]。策勋十二转[17]，赏赐百千强[18]。可汗问所欲，木兰不用尚书郎[19]。愿借明驼千里足[20]，送儿还故乡[21]。

爷娘闻女来，出郭相扶将[22]。阿姊闻妹来，当户理红妆。小弟闻姊来，磨刀霍霍向猪羊[23]。开我东阁门，坐我西阁床。脱我战时袍，着我旧时裳。

当窗理云鬓,对镜帖花黄[24]。出门看火伴[25],火伴皆惊惶。同行十二年,不知木兰是女郎。

雄兔脚扑朔[26],雌兔眼迷离[27]。双兔傍地走,安能辨我是雄雌[28]？

**题解** ———————— 这篇是一曲传奇式的女性英雄的赞歌，是北朝乐府中独有的篇幅较长的叙事歌辞。古今不少选本都题作《木兰辞》，但最早著录此篇的《文苑英华》《乐府诗集》都作《木兰诗》，当以此为是。范文澜先生说："北朝有《木兰诗》一篇，足够压倒南北朝全部士族诗人。"

## 注释

[ 1 ] 唧，叹息声。[ 2 ] 当，对着。[ 3 ] 杼（zhù），织机上的梭子。[ 4 ] 军帖，犹"军书"，征兵的文书。[ 5 ] 可汗（kè hán），古代西北地区少数民族对国君的称呼。大点兵，大规模征兵。[ 6 ] 十二卷，极言军书之多。十二，这里不是确数，与下文"策勋十二转"及"同行十二年"中之"十二"同，都是泛言其多。[ 7 ] 为，为此（指代父从军）。市，买。[ 8 ] 鞯（jiān），马鞍下的垫子。[ 9 ] 辔（pèi）头，马笼头。[ 10 ] 但，只。溅溅，水流迅急的声音。[ 11 ] 黑山，即今北京昌平之天寿山。[ 12 ] 燕山，指自河北向东绵延至辽西的燕山山脉。啾啾，形容马鸣声。[ 13 ] 赴戎机，奔赴战场。戎机，军机。[ 14 ] 朔气，北方的寒气。金柝（tuò），即刁斗，军中使用的铜器，锅形，三足，一柄，白天用以烧煮，晚上用以打更。《博物志》："番兵谓刁斗为金柝。"这句说随着金柝声响，感到阵阵寒气袭人。[ 15 ] 寒光，指月光。铁衣，带有铁片的战衣，犹盔甲。[ 16 ] 明堂，皇帝祭祀祖先、接见诸侯、选拔人才的场所。[ 17 ] 策勋，记功。十二转，极言官爵之高。十二，泛言其多。转，当时勋位分若干等级，每升一等叫一转。[ 18 ] 百千，极言其多。强，有余。[ 19 ] 尚书郎，官名。古代朝廷设有尚书台，或称尚书省，其属官有尚书郎。[ 20 ] 本句也作"愿驰千里

足”，注云：“段成式《酉阳杂俎》云‘愿借明驼千里足’。”据改。明驼，指骆驼。《酉阳杂俎》说：“驼卧，腹不贴地，屈足漏明，则行千里。”[ 21 ]儿，木兰自称。[ 22 ]郭，外城。将，亦为“扶”义。[ 23 ]霍霍，磨刀迅速时发出的声音。[ 24 ]帖花黄，把金黄色的纸剪成星、月、花、鸟等形状贴在额上，或在额上涂点以黄色，是当时流行的一种面饰。帖，同“贴”。《谷山笔麈》：“古时妇女之饰率用粉黛，粉以傅面，黛以填额。元魏时禁民间妇人不得施粉黛；自非宫人，皆黄眉黑妆。故《木兰诗》中有‘对镜贴花黄’之句。”[ 25 ]火伴，即伙伴。[ 26 ]扑朔，（脚）伸缩不停。[ 27 ]迷离，（眼）眯起的样子。[ 28 ]安能，怎能。兔难辨雌雄，俗常提其耳，使其悬空，雄兔则四脚伸缩不停扑朔，雌兔则双眼眯起（迷离），因此辨之。兔儿奔跑时则无法分辨。

横吹曲辞

## 评析

这首诗叙说少女木兰代父从军的传奇故事，塑造了一个英勇的女性形象，带有强烈的浪漫主义色彩。她是个普通女子，又是金戈铁马的英雄。不仅女扮男装，解除老年父亲之忧患，而且巾帼压倒须眉，建立赫赫战功。最后又鄙弃荣华，谢绝高官，毅然返回亲人身边。诗的民歌风格极为浓厚。朴质俚俗的语调，琅琅上口。民歌常用之"起兴""顶真""复叠""比喻""夸张""问答"等修辞手法，都运用妥贴。"军书十二卷，卷卷有爷名""归来见天子，天子坐明堂""出门看火伴，火伴皆惊惶"，尾首蝉联，这是顶真。"问女何所思，问女何所忆。女亦无所思，女亦无所忆"，这是问答。诗末雄雌双兔的比喻，诙谐新奇又具有地域色彩，与全诗格调相符，充满北方民众爽朗质朴的性格特点。诗中排比句运用得最为得心应手，全诗六十二句，连续四句排比者即占二十二句。内容多为情景铺叙，以衬托人物感情。众多的排比句，由于组织妥当，增添了语言的明快感，产生一种特殊的节奏美和音乐美。沈德潜曰："事奇，诗奇，卑靡时得此，如凤凰鸣，庆云见，为之快绝。"（《古诗源》）

# 陇头歌辞

（一）

陇头流水，流离山下[1]。念吾一身，飘然旷野。

**题解** ——————— 关于此曲产生年代，有两说。一说认为：“《陇头歌》曲名，本出魏晋乐府，这篇风格与一般北歌不大同，或是汉魏旧辞。”（余冠英《乐府诗选》）一说谓：“或亦参用汉古辞，非尽作于北朝，亦如《紫骝马》之用《十五从军征》。”（萧涤非《汉魏六朝乐府文学史》）

三首歌辞当属同一主题的一组组歌。或以为是军士度陇赴边之辞，但观“念吾一身，飘然旷野”语，似作背井离乡之流浪者更为妥贴。

## 注释

[1] 离，犹"淋漓"。水由山顶四周淋漓而下，即《三秦记》所谓"上有清水四注下"。

## 评析

此首用比兴手法，陇水淋漓而下，不就像流浪者飘然无依于旷野,不知归宿吗? 一个"念"字，写出流浪者孤独自伤之感。

（二）

朝发欣城[1]，暮宿陇头。寒不能语，舌卷入喉[2]。

## 注释

[1] 欣城，地名。当与陇头相距不远。今址不详。[2] 这句极言天寒地冻，舌头都冻得缩进喉咙。

## 评析

此首写陇头环境之恶劣。"朝发""暮宿"的句式在民歌中极常见，都是强调行程之长、赶路之急。"寒不能语"两句，笔墨夸张至极，堪称"奇语"（沈德潜《古诗源》）。此首纯用赋笔，与前一首在写法上不同。

（三）

陇头流水，鸣声幽咽[1]。遥望秦川[2]，心肝断绝。

## 注释

[1] 咽，形容流水不畅发出的声音。[2] 秦川，指关中地区，今陕西中部一带。

## 评析

此首以陇头流水之"声"兴起。流水本无情之物，"幽咽"一词，将情感赋于无情的流水，映衬出流浪者凄然的心绪。"秦川"当是流浪者家乡，有家难归，又怎能不心肝断绝呢？此首直抒思乡之情，与第一首前后呼应。

这三首诗都是四言四句，篇幅短小而蕴含丰厚。内容各有侧重又互相关联。萧涤非先生说："真情实景，最是动人。梁陈以还，陇头之作甚多，皆不及此。"(《汉魏六朝乐府文学史》)

（一）

可怜白鼻騧[1]，相将入酒家[2]。无钱但共饮，画地作交赊[3]。

题解 ——————————— 《古今乐录》曰："魏高阳王乐人所作也。"故名。共二首。皆写
北人嗜酒之状。高阳王，北魏孝文帝拓跋宏之子拓跋雍，《魏书》
本传称其"贵极人臣，富兼山海"，"歌姬舞女，击筑吹笙，丝
管迭奏，连宵尽日"，是一个酷爱音乐又极为奢侈的诸侯王。

## 注释

[1] 怜，可爱。白鼻䯄（guā），白鼻黑嘴的黄马。[2] 相将，结伴，相携。[3] 画地，未详。疑为画作记号，故陈祚明谓之"犹有结绳之风，北俗故朴"（《采菽堂古诗选》）。交赊，疑即为"赊欠"之意。

## 评析

此诗写鲜卑族人的豪饮不羁之态。首句写马。马是骏马，人当亦不凡，故赞马即是赞人。"相将"，自然不止一人，三三两两，互相搀扶，步履跟跄。什么原因呢？诗未作交代。但联系下文的"无钱"，或许是已在他处豪饮过一番，以致囊中空空如也。可即便如此，挂了账还要再喝，"画地作交赊"，活写出嗜酒者的豪爽情态。明钟惺评此诗"写得爽"（《古诗归》），当即是指此而言。

（二）

"何处喋觞来[1]？两颊色如火。""自有桃花容[2]，莫言人劝我。"

## 注释

[1]喋（tié）觞，指喝酒。喋，小口舔。觞，酒器。

[2]桃花容，指泛红的脸色。

## 评析

此篇在内容上与前篇似有一定联系，或许本来就是组诗。前篇写嗜酒之豪情，此篇写痛饮归家后与妻子的对话。前两句是妻子问，不满揶揄之意显然，但嗔怪中又蕴有体贴关怀。丈夫的答语更妙，全然回避"何处"饮酒的提问，反说自己生来脸色红润，一口否认有人请喝酒。一问一答，结构别致，情趣横生。

梅花落

鲍照

中庭杂树多，偏为梅咨嗟[1]。问君何独然[2]？念其霜中能作花[3]，露中能作实[4]。摇荡春风媚春日，念尔零落逐寒风[5]，徒有霜华无霜质[6]。

**题解** —————— 郭茂倩谓："梅花落，本笛中曲也。"（《乐府诗集》）汉古辞已佚，今存最早的即鲍照此首。诗借咏梅花赞颂品格坚贞之士，讥嘲缺乏节操之人。鲍照，南朝宋人，他大约原是北方世家，永嘉之乱时南迁，沦为寒门的下层人士。在以门阀取士的年代，他遭到压抑，最后也只做到参军，不久又在乱军中遇害，时年五十一岁。南朝宫体诗泛滥，汉魏乐府精神丧失，独鲍照高步驰骋于诗坛，唱出了慷慨之音，成为南朝"乐府第一手"。

［1］嗟，赞叹。［2］君，指作者。何独然，为何唯独赞美梅花。这是假托杂树的问话。［3］其，指梅花。作花，开花。这句是作者回答杂树的话。［4］作实，结实。［5］尔，你，指杂树。［6］华，同"花"。

在现存以梅花品格为象征的诗歌中，此首是最早且最富特色的佳作。它是咏物诗，但又不像当时流行的咏物诗那样为咏物而咏物，而是借物喻人明志；它吟咏梅花，但又不单纯咏梅，而是拈出杂树作衬醒，通过有无"霜质"的对比，褒贬抑扬。特别是作者本人也进入诗中，与杂树对话，分别道出梅花和杂树的不同之处，将诗人的感情取舍坦露无遗。用韵也匠心独具，前半以"嗟""花"为韵，后半以"实""日""质"为韵，韵脚的变换打破一般的奇偶规则。故沈德潜赞之："以'花'字联上'嗟'字成韵，以'实'字联下'日'字成韵，格法甚奇。"（《古诗源》）

关山三五月<sup>[1]</sup>，客子忆秦川<sup>[2]</sup>。思妇高楼上，当窗应未眠。星旗映疏勒<sup>[3]</sup>，云阵上祁连<sup>[4]</sup>。战气今如此<sup>[5]</sup>，从军复几年。

关
山
月

徐
陵

题解 ——————— "关山月"属汉乐府横吹曲旧题，汉古辞未见，令存多为梁陈后拟作，主要抒写征夫思妇伤别怨离之情。本篇所写亦是这一传统主题，但个性鲜明，蕴涵丰厚，在同类作品中属佳作。

## 注释

[1] 三五月，指农历十五的月亮。[2] 客子，此指出征之将士。秦川，以长安（今西安）为中心的关中平原，这里借指长安。[3] 星旗，指旗星，其状如旗。《符瑞图》："旗星之极，芒艳如旗。"（《史记·封禅书》司马贞索隐引）古时以为此星与战事有关。疏勒，汉时西域国名，其都城故址在今新疆维吾尔自治区疏勒县。[4] 云阵，指云形似兵阵。《史记·天官书》："阵云如立垣。"按：作者《出自蓟北门行》有"天云如地阵"句，正可为"云阵"注脚。[5] 战气，战争的肃杀气氛。

## 评析

关山莽莽，一轮圆月高悬于空中，这自然会勾起征人的乡思，但诗人不说自己"忆"，反说家中娇妻正在遭受相思的煎熬，凭窗望月，彻夜未眠。后四句笔锋又折回，描述征夫眼前实景：疏勒城头，星旗映照；祁连山上，战云密布。战争气氛如此浓烈，征夫归家遥遥无期，难怪他要发出"从军复几年"的悲叹。诗中的场景组合十分巧妙，完全摆脱时空的羁绊，刻画出边关征夫和秦川思妇的两地相思，开启后世近体诗注重意象组合的契端。其形式亦已接近唐人律诗，唐李白《关山月》，杜甫《月夜》，都受到此诗意境及表现手法的影响。

# 相和歌辞

　　原是汉代的民间歌曲，后由乐府采撷，成为汉代俗乐的主要部分，今存大部分为东汉作品。后世文人乐府诗颇多用此类旧题。相和，取丝、竹相和之意，即用弦乐器、管乐器配合歌唱。

# 箜篌引

公无渡河[1]，公竟渡河。堕河而死，将奈公何[2]？

**题解** ————————

本篇是一篇老夫堕河而死，其老妻援救不及而作的悲歌。最早见于晋崔豹《古今注》："《箜篌引》者，朝鲜津卒霍里子高妻丽玉所作也。子高晨起刺船，有一白首狂夫，被发提壶，乱流而渡。其妻随而止之，不及，遂堕河而死。于是援箜篌而歌曰：'公无渡河，公竟渡河。堕河而死，将奈公何！'声甚凄怆，曲终亦投河而死。子高还，以语丽玉。丽玉伤之，乃引箜篌而写其声，闻者莫不堕泪饮泣。"箜篌，乐器名，又作"空侯"或"坎侯"，由西域传入。其体长而曲，有二十三弦；抱于怀间，用双手或竹、木弹奏。

《箜篌引》屡被历代诗人重新演绎，李白也曾写过："被发之叟狂而痴，清晨临流欲奚为。旁人不惜妻止之，公无渡河苦渡之。"

## 注释

[1] 公，对年长男子的尊称。此老妻称其夫。无，同"毋"，不要。[2] 公何，把你怎么办呢？

## 评析

大河边这场触目惊心的悲剧，《古今注》对事件的前因后果虽语焉不详，但从诗意看，"白首狂夫"显然是有意识地结束生命。是不堪疾病折磨而自裁，是迫于贫困无以为生而寻觅绝路，抑或遭受迫害被逼自尽，都已无法知道。然而诗中已经透露，直接吞没他的固然是滔滔江水，但背后应该有着更深刻的社会原因。诗仅四句，句句是老妻的责怪怨恨，又句句蕴含着无限痛惜深情，三次出现人称代词"公"，"逐句停顿，一气旋转，尤妙在末四字，拖得意言不尽"（张玉谷《古诗赏析》），悲怆感人至极。

江南可采莲，莲叶何田田[1]。鱼戏莲叶间，鱼戏莲叶东，鱼戏莲叶西，鱼戏莲叶南，鱼戏莲叶北。

江南

**题解** ——————————— 本篇为汉乐府古辞，《乐府诗集》收入相和歌辞相和曲。郗昂称此歌"盖美芳晨丽景，嬉游得时"(《乐府解题》)，描写江南人采莲时的愉快情景。

## 注释

[1]田田，形容莲叶圆碧挺拔。

## 评析

碧波涟漪，一群年轻人泛动渔舟，游弋在荷叶丛中采莲。欢声笑语，人湖相依为景，全诗清新活泼，天趣盎然。首句用一"可"字先将采莲这活动令人神往之意隐隐点出。次句正面写景。"何田田"，突出荷叶圆碧饱满，层层迭迭，令人赞叹。接着笔锋落到鱼儿身上，古诗中常用"鱼"隐喻爱情，上古时代"把一个人比作鱼，在某一意义上，差不多就等于恭维他是最好的人；在青年男女间，若称对方为鱼，那就等于说：你是我最理想的配偶"（闻一多《神话与诗》）。明乎此，我们知道"鱼戏莲叶间"实际上正是在隐指少男少女对爱情的追求。

## 东光

东光乎[1]？苍梧何不乎[2]？苍梧多腐粟[3]，无益诸军粮[4]。诸军游荡子[5]，早行多悲伤。

题解 ——— 本篇为汉乐府古辞，《乐府诗集》收入相和歌辞相和曲。汉武帝元鼎五年（前112年）四月，南越国相吕嘉反，杀南越王、王太后及汉使者。秋，朝廷"遣伏波将军路博德出桂阳，下湟水；楼船将军杨仆出豫章，下浈水；归义越侯严为戈船将军，出零陵，下离水；甲为下濑将军，下苍梧。……咸会番禺"（《汉书·武帝纪》）。元鼎六年冬，攻破番禺。本篇即写其时从军战士的厌战之情。

## 注释

[1] 光，明，明亮。此诗末句谓"早行"，故首句有"东方明乎"之问。[2] 苍梧，古地名，今广西梧州。不，古"否"字。[3] 腐粟，腐烂的粮食。[4] 益，助。诸军，指分兵出征的各路军马。[5] 游荡子，即游子、荡子，背井离乡之人。

## 评析

汉代南越之地，大都为亚热带的瘴疬丛林。此诗即是"临军瘴地，军士苦早行而作"（朱乾《乐府正义》）。首二句，东方已明，然苍梧之地却依然烟瘴弥漫，一片昏暗。虽是写景，但两个"乎"字连用，已将怨愤之情寓于反问之中。据史载，此次征战，曾截得"粤船粟"（《汉书·西南夷两粤传》），缴获不少粮食，但潮气热湿之地，米粟易于腐变，虽得之又有何益？末二句呼应开篇，点出"早行"，倾吐怨伤之因。"一语点意，悲凉在目"（顾茂伦《乐府英华》）。

# 平陵东

平陵东，松柏桐[1]，不知何人劫义公[2]。劫义公，在高堂下[3]，交钱百万两走马[4]。两走马，亦诚难，顾见追吏心中恻。心中恻[5]，血出漉[6]，归告我家卖黄犊。

**题解** —————— 本篇为汉乐府古辞。《乐府诗集》收入相和歌辞相和曲。晋崔豹《古今注》认为是"汉翟义门人所作"。唐吴兢《乐府古题要解》也认为："义，丞相翟方进之少子，字文仲，为东郡太守。以王莽方篡汉，举兵诛之，不克，见害。门人作歌以怨之也。"但翟义起兵讨伐王莽不胜而死之事，与诗意显然不合，可能另有古辞。近人闻一多说："诗但言盗劫人为质，令其家输财物以赎，如今'绑票'者所为。"（《乐府诗校笺》）今人大都赞同此说。平陵，西汉昭帝墓，在今陕西咸阳市西北。

## 注释

[1] 松、柏、桐，古时坟墓四周常常种植的树。仲长统《昌言》："古之葬者，松柏梧桐以识墓。"[2] 义公，余冠英说："义是形容词，和《铙歌》里的'悲翁'之'悲'，《孔雀东南飞》里的'义郎'之'义'用法相同。"（《乐府诗选》）按：闻一多以为："'义'疑本作'我'，'我'以声近误为'义'，说者遂以为翟义事也。"（《乐府诗笺》）亦可备一说。[3] 在，疑为衍字。全诗均三三七句式，而此句独多一字。[4] 走马，快马。《汉书·燕刺王旦传》注："走马，马之善走者。"[5] 顾，回视。恻，悲痛。[6] 血出漉，血已流尽。

## 评析

此诗是受害者的悲愤控诉。"盗劫人为质"，然而"盗"又是谁呢？诗中没有明言。但此"盗"能将人劫至"高堂"，勒逼财物时又能派出"追吏"，不是威权在手的人物又何能如此？所谓"不知何人"，显然是曲笔。证之史传，汉代宦者权贵"多放父兄、子弟、姻亲、宾客等典据州郡，辜榷财利，侵掠百姓；百姓之冤，无所告诉"（《后汉书·宦者列传》）。诗造句简练有力，诗中三、三、七言句式反复使用，且每三句一"顶真"，尾首蝉联，更使节奏快捷而强烈，与歌辞抒泄一腔悲愤正合拍。

## 陌上桑

　　日出东南隅[1]，照我秦氏楼[2]。秦氏有好女[3]，自名为罗敷[4]。罗敷喜蚕桑[5]，采桑城南隅。青丝为笼系[6]，桂枝为笼钩[7]。头上倭堕髻[8]，耳中明月珠[9]。湘绮为下裙[10]，紫绮为上襦[11]。行者见罗敷，下担捋髭须[12]。少年见罗敷，脱帽著帩头[13]。耕者忘其犁，锄者忘其锄。来归相怒怨[14]，但坐观罗敷[15]。

　　使君从南来[16]，五马立踟蹰[17]。使君遣吏往，问是谁家姝[18]？秦氏有好女，自名为罗敷。罗敷年几何？二十尚不足，十五颇有余。使君谢罗敷[19]，宁可共载不[20]？

　　罗敷前置辞[21]："使君一何愚[22]！使君自有妇，罗敷自有夫。东方千余骑[23]，夫婿居上头[24]，何用识夫婿[25]，白马从骊驹[26]。青丝系马尾，黄金络马头。腰中鹿卢剑[27]，可直千万余[28]。十五府小吏[29]，二十朝大夫[30]。三十侍中郎[31]，四十专城居[32]。为人洁白皙[33]，鬑鬑颇有须[34]。盈盈公府步[35]，冉冉府中趋[36]。坐中数千人，皆言夫婿殊[37]。

本篇为汉乐府古辞。《玉台新咏》又题为《日出东南隅行》。《乐府诗集》作《陌上桑》，收入相和歌辞相和曲。吴兢《乐府古题要解》说："案其歌辞，称罗敷采桑陌上，为使君所邀，罗敷盛夸其夫为侍中郎以拒之。"

[1] 东南隅（yú），东南方。此处"东南"是偏义复词，实指东方。[2] 秦氏，古乐府中常用的姓。如《乌生》"端坐秦氏桂树间"。按：这两句用第一人称歌者口吻。[3] 好女，犹言"美女"。[4] 自名：本名。罗敷，古乐府常用的美女名字。如《焦仲卿妻》："东家有贤女，自名为罗敷。"[5] 蚕桑：养蚕采桑。[6] 青丝，青色丝绳。笼，篮子。系，篮上的络绳。[7] 钩，篮上的提柄，可以挂在树枝上，故称"钩"。[8] 倭（wō）堕髻，即堕马髻，发髻偏在一侧，呈似堕非堕状，是其时一种流行发式。[9] 明月珠，宝珠名，此言"耳中明月珠"即指以明月珠作耳珰。[10] 湘绮，杏黄色有花纹的丝织品。[11] 襦，短袄。[12] 捋，抚摩。髭须，胡子。[13] 著，露。帩（qiào）头，束发用的纱

巾。古代男子先束发，再加冠，故此言脱帽而后整理发巾，以无意识之行为反衬少年为罗敷之美所吸引。[14]来归，犹"归来"。相怨怨，指耕者、锄者互相埋怨。[15]但，只。坐，因为、由于。[16]使君，太守、刺史之称。[17]五马，太守所乘之车马。汉代太守外出巡行用五匹马拉车。踟蹰，徘徊不前。[18]姝，美好。此指美女。[19]谢，问，告。[20]宁可，是否愿意。[21]置辞，致辞，作答。[22]一何，何其，多么。[23]东方，指夫婿居官之地。千余骑，泛指夫婿的随从人马。[24]上头，行列的前面。[25]何用，何以，凭什么。[26]骊（lí），驹，深黑色小马。[27]鹿卢剑，古代长剑之柄首以玉作辘轳形，故称。鹿卢，同"辘轳"，井上汲水用的滑轮。[28]直，同"值"。[29]府小吏，太守府中的小吏。[30]朝大夫，朝廷中的大夫。汉代有太中大夫、谏大夫等官职。[31]侍中郎，官名。汉代用作在原官之外特加的荣衔。[32]专城居，指一城的地方长官，如州牧、太守之类。[33]皙，白。[34]鬑鬑（lián），形容胡须长。古时男子以面白须长为美。[35]盈盈，缓步慢行的样子。公府步，犹今言"官步""方步"。[36]冉冉，意与"盈盈"相通。府中趋，即前之"公府步"。趋，小步行走。两句均形容步履稳重而有气派。[37]殊，特别；这里有"出众"之意。

## 评析

这是一首汉乐府叙事名作，叙说采桑女子罗敷抗拒一个声威赫赫的太守无耻调戏的故事。诗分三解，亦即三章。首解写罗敷容貌之美，从不同侧面反复加以渲染烘托。陈祚明说："写罗敷全须写容貌，今止言服饰之盛耳，偏无一言及其容貌，特于看罗敷者尽情描写。所谓虚处着墨，诚妙笔也。"（《采菽堂古诗选》）第二解写使君与罗敷相遇及对答。第三解是罗敷夸夫，突出罗敷的机智。萧涤非说："末段罗敷答词，当作海市蜃楼观，不可泥定看杀。以二十尚不足之罗敷，而自云其夫已四十，知必无其事也。作者之意，只在令罗敷说得高兴，则使君自然听得扫兴，更不必严词拒绝。"（《汉魏六朝乐府文学史》）。萧说甚是。其中"以二十尚不足之罗敷，而自云其夫已四十，知必无其事"，虽则未必；但"夫婿"云云，极加夸饰，自是罗敷婉拒之托辞则毫无疑问，这正是民歌的特色所在。汉代权贵掠夺霸占妇女之事不绝史书，如梁节王刘畅即掠取小妻三十七人。有的甚至到了草菅人命的地步。如桓帝时徐宣任下邳令，"先是求故汝南太守下邳李暠女不能得，及到县，遂将吏卒至暠家，载其女归，戏射杀之"（《后汉书·宦官列传》）。公然"妻略妇女"，是汉代最黑暗的社会现象之一。诗中的"使君"正是此类人物。

薤上露，何易晞 [1] ？露晞明朝更复落 [2] ，人死一去何时归？

**薤露**

**题解** ———————— 此诗写当时人们对于死亡的忧患意识。为汉乐府古辞，《乐府诗集》收入相和歌辞相和曲。据崔豹《古今注》："《薤露》《蒿里》，并丧歌也。本出田横门人。横自杀，门人伤之，为作悲歌。言人命奄忽，如薤上之露易晞灭也。亦谓人死魂魄归于蒿里，至汉武时，李延年乃分为二曲。《薤露》送王公贵人，《蒿里》送士大夫庶人，使挽柩者歌之，亦谓之挽歌。"可见原是哀悼之歌，武帝时为乐工采集入乐。薤（xiè），植物名，形似韭菜，叶细长，俗称小蒜。

[1] 晞，干。[2] 落，指水气凝结成露珠
而坠落。

生命短暂，实是人生最大的悲剧，而朝露与生
命，在古人心中早已成为两而为一的意象。诗
从朝露落笔，实已隐指人生，故生"何易晞"
的叹喟。但诗人没有将朝露与人生作简单比附，
而是翻空出奇，强调朝露犹可"明朝更复落"，
而人死却不能再生，岂非人生不如朝露？

**蒿里**

　　蒿里谁家地？聚敛魂魄无贤愚[1]。鬼伯一何相催促[2]，人命不得少踟蹰[3]。

**题解** ———————　汉乐府古辞，《乐府诗集》收入相和歌辞相和曲。与前篇《薤露》一样，也是写人生短促的悲哀。蒿里，又叫下里。古指人死后魂魄聚居之所。详参前篇《薤露》题解。

## 注释

[1] 聚敛，搜纳。无贤愚，无论贤愚，即不分贤愚之意。[2] 鬼伯，古代传说中勾人魂魄的鬼卒。一何，多么。[3] 少，同"稍"。踟蹰，犹豫徘徊的样子。

## 评析

同样写人生短促的悲哀，《薤露》采用比兴手法，虽然"凄惋欲绝"，毕竟比较含蓄；《蒿里》则直叙其事，更是"惨刻尽致"（《古诗赏析》）。诗先用疑问句引起人们的注意，回答则斩钉截铁。"聚敛"，见得魂魄之多；"无贤愚"，突出人人如此，无一能幸免。《汉诗说》说：《十九首》云'圣贤莫能度'，言'聚敛魂魄无贤愚'使人意气都尽，要是汉人作诗语，皆断绝千古，不使后人有加。""一何相催促""不得少踟蹰"，乃极言鬼伯之冷酷无情，与首二句互为补充，表现出对于死亡畏惧而又无可奈何的心情。

# 鸡鸣

鸡鸣高树巅[1]，狗吠深宫中。荡子何所之[2]，天下方太平。刑法非有贷[3]，柔协正乱名[4]。黄金为君门，璧玉为轩堂[5]。上有双樽酒[6]，作使邯郸倡[7]。刘王碧青甓[8]，后出郭门王[9]。舍后有方池[10]，池中双鸳鸯。鸳鸯七十二[11]，罗列自成行[12]。鸣声何啾啾，闻我殿东厢[13]。兄弟四五人，皆为侍中郎[14]。五日一时来[15]，观者满路旁。黄金络马头[16]，颎颎何煌煌[17]。桃生露井上，李树生桃傍。虫来啮桃根[18]，李树代桃僵。树木身相代，兄弟还相忘。

**题解** ——— 本篇为汉乐府古辞，《乐府诗集》收入相和歌辞相和曲。诗意比较曲折隐晦。李因笃认为"必有所刺"（《汉诗音注》）。陈祚明亦说："当时必有为而作，其意不传，无缘可知。"（《采菽堂古诗选》）究竟针对何人所写已不得而知。但有汉一代，不少外戚重臣，本出身寒微，往往攀附姻亲，一朝贵幸，势焰熏天；然而冰山易倒，转眼间又身败族灭。诗疑是此类社会现象之艺术概括，而正不必坐实为某人之事。

## 注释

[1] 巅, 顶端。[2] 荡子, 游荡之人。此当指赴京钻营求宦之辈。[3] 贷, 宽假, 通融。[4] 柔协, 犹"柔服", 意谓用宽柔安抚人。正, 制裁。[5] 璧玉, 一作"碧玉"。闻一多说"碧以色言。'黄金''碧玉'对文。《相逢行》'黄金为君门, 白玉为君堂'可资参证。作'璧', 于义难通"。[6] 樽, 酒杯。作使, 犹言"役使"。邯郸倡, 指著名女乐。邯郸, 古赵国国都, 相传赵地多美女。[7] 倡, 女乐。[8] 刘王, 刘姓之王。汉法, 非刘氏者不王, 故云。碧青甓（pi）, 碧青色之砖。甓, 砖的一种。一说, 即琉璃瓦。[9] 郭门王, 郭门外之诸侯王, 谓异姓诸侯王。郭门, 外城之门。此"郭门王"即指一朝得势之"荡子", 以下即详述其奢侈。[10] 舍, 屋舍。方池。大池。[11] 七十二, 极言池中鸳鸯之多。[12] 罗列, 排列。[13] 殿, 高大的堂屋。[14] 侍中郎, 汉官名。据《汉书·百官公卿表》, 此是在原官之外特加的荣衔。[15] 五日, 汉制, 朝官每五日可在私宅休息沐浴一次。一时, 同时。[16] 络, 缠绕, 亦指马笼头。[17] 颎颎, 同"炯炯", 与"煌煌", 皆光彩鲜明之状。[18] 啮（niè）, 咬。僵, 指树木枯死。此二句谓危难之际, 树木尚肯以身相代, 而兄弟之间却情义全无。

此诗分三段，因内容较为隐晦，故论者或谓其"前后辞不相属"，"错简紊误"（冯惟纳《古诗纪》）；或疑是乐工将三段不相干之文字拼凑成章。但乐章歌诗（本篇文字即为晋乐所奏），有时章解之间跳跃极大，追求的是演奏效果。此诗以一"荡子"为线索，首段戒其勿因"天下方太平"而胡作非为，实为全诗之总纲。次段极写"荡子"一朝得势，鸡犬升天，骄纵奢侈。末段讥嘲"荡子"一旦遭祸，亲属间立即互相推诿倾轧。三段文字，若断若连，刻画盛衰无常及倾轧丑态，可谓入木三分。汉乐府描写上层生活之作，颇多富贵祝颂之辞，如《相逢行》《长安有狭邪行》之类，本篇取材，包括不少字句与《相逢行》相同，但题旨却大异其趣。讥刺之意，溢乎词表。

乌
生

乌生八九子，端坐秦氏桂树间[1]。唶我[2]！秦氏家有游遨荡子[3]，工用睢阳强[4]，苏合弹[5]。左手持强弹两丸，出入乌东西。唶我！一丸即发中乌身[6]，乌死魂魄飞扬上天。阿母生乌子时，乃在南山岩石间[7]。唶我！人民安知乌子处[8]？蹊径窈窕安从通[9]？白鹿乃在上林西苑中[10]，射工尚复得白鹿脯[11]。唶我！黄鹄摩天极高飞[12]，后宫尚复得烹煮之。鲤鱼乃在洛水深渊中[13]，钓钩尚得鲤鱼口。唶我！人民生各各有寿命，死生何须复道前后[14]？

题解 ———— 本篇为汉乐府古辞，《乐府诗集》收入相和歌辞相和曲。一名《乌生八九子》。这是一首寓言诗，写乌鸦母子无端遭到弹杀，以及白鹿、黄鹄、鲤鱼等鸟兽，离人虽远，亦为人得而烹煮的悲惨命运，借以寄托作者对人生世路险恶、祸福无常的慨叹。

# 注释

[1] 端坐，正坐。[2] 喈（jiē）我，此处状乌鸦的哀鸣。喈，鸟鸣声。我，语气助词，无义。一说"我"字当连下读，"我秦氏""我一丸""我黄鹄"，汉人亦有此用法。（萧涤非《汉魏六朝乐府文学史》）[3] 游遨荡子，浪荡子。"游""遨""荡"三字同义并列。[4] 工，擅长。睢（suī）阳强，睢阳地方的强弓。睢阳，古宋国都城，在今河南商丘。相传古宋国善制强弓。[5] 苏合弹，以苏合香和泥制作的弹丸。黄节曰："《西京杂记》云：'长安五陵人以真珠为丸，以弹鸟雀'，此言苏合弹，盖以苏合香为丸也。"（《汉魏乐府风笺》）苏合，西域香名。[6] 发，发射。中（zhòng），射中。[7] 南山，指终南山，位于长安南部。[8] 人民，此处犹言"人类"。安，怎。[9] 蹊（xī）径，狭小之路。窈窕，曲折幽深的样子。[10] 上林，汉皇苑名，供天子射猎游玩之处。故址在今西安西。[11] 脯，干肉。此指将白鹿肉制成肉干。[12] 摩，触及。汉高祖刘邦歌："鸿鹄高飞，一举千里。"（《汉书·高帝纪》）[13] 洛水，古水名。自陕西洛南县流经洛阳，入黄河。[14] 死生，偏义复词。指死。

## 评析

老乌携儿将雏从南山迁至秦家桂树，自以为得其所哉！"端坐"二字，现出一幅全家其乐融融、"自以为无患，与人无争"（陈祚明《采菽堂古诗选》）的情景。孰知祸从天降，竟惨遭一个"游遨荡子"的毒手，稚幼的生命瞬息之间便遭到残害。老乌呼天抢地，痛悔不该从南山搬出。峰岩之间，有谁知乌子的居处？即便知道，山路险峻又何从到达？真是字字泣血，摧肝断肠。至此，一幕悲剧似已收场，然而作者意犹未尽，再翻波澜，又让老乌由悔恨自责转为自我宽慰。不是吗？上林白鹿、摩天黄鹄和深渊鲤鱼离人远矣，无不自以为安居无险，可谁又能逃脱悲惨的下场呢？乌子之遭弹杀，绝非偶然，世路凶险，步步灾罗祸网。鸟兽如此，人又何能独免？结句貌似旷达，实则更悲，由鸟及人，至此而题旨顿出。诗以寓言之体，写现实之感，"奇横伸缩，妙不可言"（李因笃《汉诗音注》）。其中"唶我"哀鸣一词，出现五次，反复穿插使用，加之句式长短错落，使全诗呈现出一种声情动荡的效果。

青青园中葵<sup>[1]</sup>，朝露待日晞<sup>[2]</sup>。阳春布德泽<sup>[3]</sup>，万物生光辉。常恐秋节至，焜黄华叶衰<sup>[4]</sup>。百川东到海，何时复西归。少壮不努力，老大徒伤悲。

长歌行

题解 ——————— 本篇为汉乐府古辞。《乐府诗集》收入相和歌辞平调曲。共三首，此首原列第一。古乐府另有《短歌行》。古诗有"长歌正激烈"，魏文帝有"短歌微吟不能长"句，长歌、短歌当系按歌声长短而分，歌者利用歌声长短来表达不同思想感情。此诗劝勉世人趁少壮奋发努力，"当早崇树事业，无贻后时之叹"（《文选五臣注》）。

## 注释

[1] 葵，葵科植物。一说，即向日葵。[2] 朝露，清晨的露水。晞，晒干。[3] 阳春，温暖的春天。布，布施。德泽，恩惠。[4] 焜（kūn）黄，枯黄色。

## 评析

汉乐府说理诗不多，也殊乏佳作，而本篇却十分杰出。虽为说理，纯用比兴。以自然现象来启发人们悟出人生哲理。吴淇评此诗说："一日之时在朝，一年之时在春，一生之时在少壮。"（《六朝选诗定论》）诗紧扣"朝""春"入笔，一连八句比兴，反复运用意义相反的意象和词语，如"青青"和"焜黄"，"阳春"和"秋节"，"生光辉"和"华叶衰"，"东到海"和"复西归"，而"少壮不努力，老大徒伤悲"的结论，犹如水到渠成，乃千古警句。

# 猛虎行

饥不从猛虎食，暮不从野雀栖。野雀安无巢[1]，游子为谁骄[2]？

**题解** —————————— 本篇为汉乐府古辞，属相和歌辞平调曲。诗通过形象的比喻，赞美了游子能在困境中谨于立身的美德。

## 注释

[1] 安，怎么。[2] 骄，自傲。此处有自重自爱之意。

## 评析

诗前二句以"猛虎""野雀"起兴，"猛虎"喻盗匪等以暴力害人之徒，"野雀"喻娟女荡娃以色相诱人之辈，比喻新颖贴切。两个"不从"，用排比否定之选择句式表达了诗人的处世原则。后二句写游子面对"野雀"诱惑不屑一顾。游子为谁而"骄"呢？诗中虽未直接明言，但显然是为洁身自好的君子之道而骄，即便"饥无食处""暮无宿处"，也决不干违法或放荡之事。朱嘉徵说："《猛虎行》歌猛虎，谨于立身也。"（《乐府广序》）

天上何所有？历历种白榆[1]。桂树夹道生[2]，青龙对道隅[3]。凤凰鸣啾啾[4]，一母将九雏[5]。顾视世间人，为乐甚独殊！

好妇出迎客，颜色正敷愉[6]。伸腰再拜跪[7]，问客平安不？请客北堂上[8]，坐客毡氍毹[9]。清白各异樽[10]，酒上正华疏[11]。酌酒持与客，客言主人持。却略再拜跪[12]，然后持一杯。谈笑未及竟[13]，左顾敕中厨[14]。促令办粗饭，慎莫使稽留[15]。废礼送客出，盈盈府中趋[16]。送客亦不远，足不过门枢[17]。取妇得如此，齐姜亦不如[18]。健妇持门户，亦胜一丈夫[19]。

陇西行

题解　　　　　　　　汉乐府古辞。《乐府诗集》收入相和歌辞瑟调曲。一作《步出夏门行》。本篇赞美一"健妇"善于操持门户，应对宾客，不讲究虚礼。汉陇西地区，是通往西域的要道，沿途住户，颇多兼营客舍酒店生意，诗中"健妇"即可能是此类家庭之主妇。陇西，郡名，今甘肃临洮西南。

## 注释

[1] 历历，分明的样子。白榆，星名。《春秋运斗枢》："玉衡星散为榆。"[2] 桂树，指星。道，指黄道。古人想象中太阳运行的轨迹。[3] 青龙，二十八宿中东方七宿之总称。隅，边。[4] 凤凰，星名，即鹑火。啾啾，鸟鸣声。[5] 将，携带。九雏，九子。这里也是将星象想象成真实的动物。[6] 敷愉，同"敷蘛"，花开的样子。颜色敷愉，形容容颜鲜艳如花。一说，犹"忬愉"，和悦的样子。[7] 拜跪，古时女子见客之礼。[8] 北堂，古时妇女常居之堂室，北向，无墙，故云北堂。[9] 氍毹（qú shū），粗毛毯，即毡。[10] 清白，清酒、白酒。各异樽，指不同的酒分别盛放在不同的酒杯中。樽，酒器。[11] 华疏，指斟酒之际，酒入杯中涌生泡沫，随即又消散，犹如花之疏散。一说，柄上刻有花纹的勺子。[12] 却略，稍稍后退。[13] 竟，终。[14] 左顾，转头。敕（chi），吩咐。中厨，内厨房。[15] 稽留，迟滞，耽搁时间。[16] 趋，小步快走。[17] 门枢，门槛。[18] 齐姜，本谓齐国姜姓女子。《诗·衡门》："岂其娶妻，必齐之姜。"旧笺认为指春秋时晋文公夫人，她督促丈夫奋发图强，终于成就事业。后世因用作指代贤德女子。[19] 亦胜，原作"一胜"，据《古乐府》改。

## 评析

此诗前八句乃幻想之辞，写天上情景，似与诗之主旨无关。汉乐府多用于宴间演奏，取悦宾客，颇有拼凑割裂现象。此数句又见于《步出夏门行》末段。但乐工拼凑之时，应不会毫无理由，信手胡来。张玉谷谓"起八句言天上物物成双，凤凰和鸣，唯有将雏之乐，以反兴世间好妇不幸无子，自出待客不得已来"（《古诗赏析》），并指出其于后面写"健妇"一段有互相映衬发明之作用，也可备一说。诗描写"健妇"，取材于一次她接待宾客的全过程："迎客""问客"，热情有礼；"请客""坐客"，殷勤周到；然后酌酒与客，促令办饭等种种描述，不厌其烦：无一不反映出她举止得体，善主中馈。此诗写女子而忽略其容貌体态，专述其才干，可谓别具只眼，亦可见西北地区之民俗。

## 步出夏门行

邪径过空庐[1]，好人常独居。卒得神仙道[2]，上与天相扶。过谒王父母[3]，乃在太山隅[4]。离天四五里，道逢赤松俱[5]。揽辔为我御[6]，将吾上天游[7]。天上何所有，历历种白榆，桂树夹道生，青龙对伏趺[8]。凤凰鸣啾啾，一母将九雏。顾视世间人，为乐甚独殊。

**题解** —————— 本篇为汉乐府古辞，《乐府诗集》收入相和歌辞瑟调曲，是一首游仙之作。汉乐府游仙诗颇多祝颂之辞。本篇大约也是宴席酣饮之际的祝颂之歌。诗语意似未完，《陇西行》中"凤凰鸣啾啾"四句，疑亦属于此篇，今补上备阅。

126

## 注释

[1] 邪径，小路。邪通"斜"。[2] 卒，最终。
[3] 谒，拜见。王父母，古代传说有东王公，
西王母。《十洲记》："扶桑上有太帝宫，太真
东王父所治处。"《穆天子传》："周穆王好神仙，
觞西王母于瑶池之上。"[4] 乃，竟然。太山
隅，太山脚下。[5] 赤松，赤松子；古代传
说中的仙人。[6] 揽辔，指驾马。辔，马络头。
御，驾车的人。[7] 将，携带。[8] 以上四
句参见《陇西行》注。伏跗（fū），蹲伏。

## 评析

这首诗写神仙之乐。开头四句叙"好人"修
仙得道，以下都是描述游仙之经历。"邪径""空
庐""独居"，显示出地处幽僻、修仙之不易。
而一旦得道成仙，则可上游仙境。既可拜访
"王父母"于泰山，又有神仙赤松子为之"揽
辔"驾车。至于天庭更是风景独异，白榆成林，
佳树夹道，青龙盘伏，凤凰和鸣。诗长于铺叙，
星宿之名，径以动植物目之。妙语双关，天
趣横生。"'与天相扶'，语奇；东父西母，乃
在太山，荒唐可笑；天何可里计？乃言四五里，
见极近。最荒唐语写若最真确，故佳。"（陈
祚明《采菽堂古诗选》）。

128

## 东门行

出东门，不顾归[1]。来入门，怅欲悲[2]。盎中无斗米储[3]，还视架上无悬衣[4]。拔剑东门去，舍中儿母牵衣啼[5]："他家但愿富贵[6]，贱妾与君共铺糜[7]。上用仓浪天故[8]，下当用此黄口儿[9]。今非[10]！'"
"咄[11]！行！吾去为迟[12]！ 白发时下难久居[13]。"

**题解** ———————— 汉乐府古辞。《乐府诗集》收入相和歌辞瑟调曲。诗描述一城市贫民，迫于饥寒，铤而走险，是一首饱蘸血泪的反抗之歌。东门，此当指洛阳上东门或中东门。

130

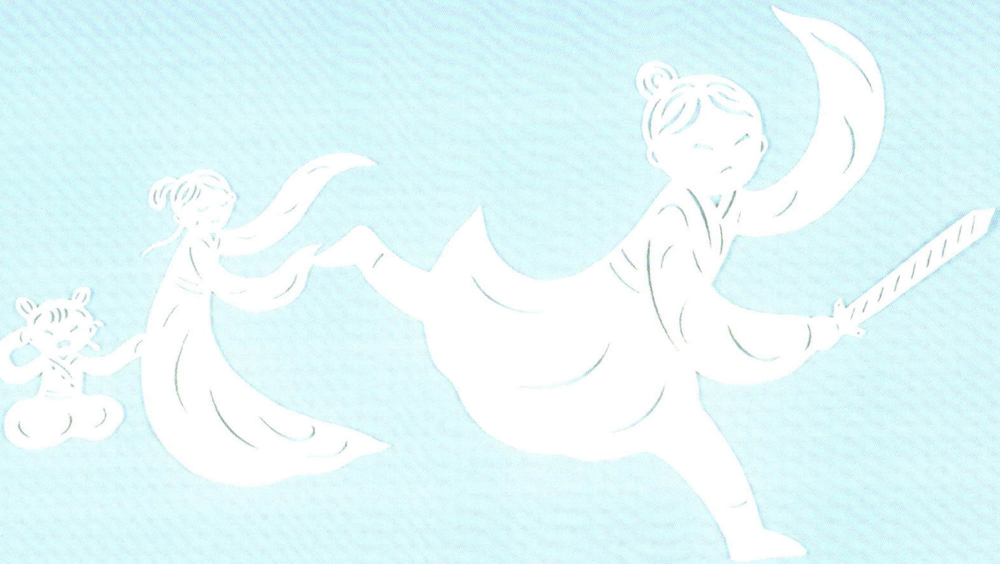

## 注释

[1] 不顾归，本作"不愿归"，皆可通。余冠英说："不顾，是对于东门决然离去；'不愿'是对于归家踌躇不前。"（《乐府诗选》）[2] 怅欲悲，心情迷惘，悲从中来。[3] 盎，一种大腹小口的盛器。无斗米储，没有一斗米的存粮。[4] 还视，回头看。悬衣，挂着的衣服。[5] 儿母，孩子的母亲。[6] 但，只。[7] 贱妾，谦词，古代女子用以自称。餔糜，食粥。糜，稀粥。[8] 用，因。仓浪天，犹言"青天"。仓浪，青色。[9] 黄口儿，指幼儿。[10] 今非，指拔剑出行是错误的。[11] 咄，呵斥声。丈夫呵斥其妻。[12] 去，离开。此句意谓我现在走为时已晚。一说，此是嫌其妻劝阻而发出的怨言，意为我的行动被啰嗦得耽搁了。[13] 时下，常常脱落。下，指白发脱落。

## 评析

这首诗犹如一场短小紧凑之独幕剧，情节简单，矛盾冲突却很尖锐：落笔入题，节奏紧促的三字句，出门"不顾归"和归家"怅欲悲"的对照描述，一开头就突出了主人公悲愤的情绪。随后，盎中无米、架上无衣两个细节，回答了悲愤的原因，说明拔剑出走的必然性。其妻劝阻及毅然出走一段，写法一变，全用对话，如闻其声见其人。用笔极为经济，"情事展转如见"（沈德潜《古诗源》）。诗将主人公走上"违法"之路放在"白发时下难久居"的典型环境中来描写，表现出对他所持的同情态度。

青青河畔草，绵绵思远道[1]。远道不可思，宿昔梦见之[2]。梦见在我傍，忽觉在他乡。他乡各异县，展转不相见[3]。枯桑知天风，海水知天寒[4]。入门各自媚[5]，谁肯相为言[6]。客从远方来，遗我双鲤鱼[7]。呼儿烹鲤鱼[8]，中有尺素书[9]。长跪读素书[10]，书中竟何如？上言加餐饭[11]，下言长相忆[12]。

**饮马长城窟行**

题解 —————— 本篇为汉乐府古辞，一作《饮马行》。《乐府诗集》收入相和歌辞瑟调曲。徐陵《玉台新咏》题为蔡邕作，今人已辨其非。郭茂倩说："长城，秦所筑以备胡者，其下有泉窟可以饮马。古辞云'青青河畔草，绵绵思远道'，言征戍之客至于长城而饮其马，妇人思念其勤劳，故作是曲也。"（《乐府诗集》）。

## 注释

[1] 绵绵，延续不断的样子。语义双关，既状青草绵延，又暗指相思缠绵。[2] 昔，昨夜。昔，通"夕"。[3] 展转，即辗转。此指丈夫行踪不定。一说，指思妇梦醒后辗转反侧，不能再入睡。[4] 这两句以枯桑、海水喻夫妻离别之苦。闻一多说："沧海、桑田，高下异处，喻夫妇远离不能会合。枯桑喻夫，海水自喻；天风、天寒，象孤栖独宿、危苦凄凉之意。见叶落而知木受风吹，见冰结而知水感天寒。枯桑无叶可落，海水经冬不冰，一似不知风寒者，非真不知之，人不见其知之迹象耳。以喻夫妇久别，口虽不言而心自知苦。"[5] 门，指回家。媚，爱悦。[6] 言，指慰问。[7] 遗（wèi），赠。双鲤鱼，指信。古代藏书信之木函呈鲤鱼形，一底一盖，打开即成双鲤鱼。[8] 烹鲤鱼，喻打开木函。[9] 尺素书，书信。素，生绢，古人用作信笺。[10] 长跪，古人席地而坐，两膝着地，臀部坐在脚跟上；臀部离脚跟，腰伸直，称"长跪"，表示敬意。[11] 上，指信的前面。加餐饭，一作"加餐食"。[12] 下，指信的后面。长相忆，一作"长相思"。

## 评析

夫妇分别，自有各种原因。此诗略去其缘由，而集中刻画思妇对丈夫的相思。河畔草色青青，沿着蜿蜒之水伸向远方，如此情景，撩起思妇对丈夫的忆念。起句以汉代早已成为别离意象的青草起兴，"绵绵"，既状青草绵延不绝，更远更生，又写出思妇的情深意长。然而天涯隔远，相思无益，只能在梦中相聚，一觉醒来，更觉惆然。知"不可思"而"梦见之"，梦"在身旁"而醒"在他乡"，正反对照，反差强烈。"枯桑"二句，众说不一，实亦属比兴之辞，以反衬思妇孤单无依，苦况自知。远方来客，鲤鱼传信，就一事而铺叙，写法一变，而仍归结到"长相忆"，前后呼应。全诗既有民歌之生动活泼，又有文人古诗的细腻婉转，"子桓（按：曹丕）兄弟拟古，全用此法"（陈祚明《采菽堂古诗选》）。对后世文人五言诗，颇有影响。

———————— 本篇为汉乐府古辞。《乐府诗集》收入相和歌辞瑟调曲。一名《孤子生行》，一名《放歌行》。清朱乾说："放歌者，不平之歌也。孤儿兄嫂恶薄，诗人伤之，所以为放歌也。"（《乐府正义》）诗写一孤儿，与兄嫂名为骨肉，实同主仆，备受种种奴役及其痛不欲生之情。

注释 ———————— [1]生，出生。[2]孤子，犹孤儿。 遇生，碰上不幸的处境。遇，逢。[3]去，指去世。[4]行贾（gǔ），往来经商。汉代重农抑商，商贾地位卑贱，富贵人家常派遣奴仆经商。[5]九江，汉代九江郡。西汉时治寿春（令安徽寿春县），东汉时治浔阳（今安徽定远县西北）。[6]齐与鲁，泛指今山东一带。临淄，东汉时为诸侯国。鲁，汉县，即今山东曲阜。[7]腊月，农历冬十二月。[8]虮虱（jǐ shī）．；一种寄生于人畜身上的害虫。虮，虱卵。[9]高堂，房屋的正堂、大厅。[10]行，复、又。取，同"趋"，小步急走。殿下堂，指高堂下的另一处。殿，高大的房屋，即前指高堂。[11]汲，从井里打水。[12]错，通"皲"（què），皮肤冻裂。[13]菲，通"扉"，草鞋。[14]蒺藜（jí lí），一种草本蔓生植物，果皮有刺。[15]肠月，俗称"腿肚"。肠，脚胫骨后的部位。月，古"肉"字。[16]渫渫（dié），泪流不断。[17]累累，接连不断。[18]复襦，短夹袄。[19]居生，活在世上。[20]下从地下，指追随死去的父母。黄泉，即指地下。[21]将，推。是，此，这。[22]反复，翻倒。[23]啖（dàn），吃。[24]蒂，瓜蒂。此句指孤儿求人归还瓜蒂，以便归家后有所交待。[25]独且，即将。[26]兴，生出。较计，犹"计较"。[27]乱，乐曲的最后一段，尾声。[28]一何，多么。譊譊（náo），怒叫声。此句谓孤儿推车走近所居之地，己听到兄嫂怒驾之声。[29]尺书，书信。古代帝王诏板长一尺一寸，故称诏书为"尺一板""尺牍""尺一书"，后世移用于普通书信的代称，称尺书、尺素。[30]将与，带给。

# 评析

此诗可分三段。首段写孤儿行贾，次段写孤儿劳役，末段写孤儿贩瓜。笔笔环绕孤儿之苦展开：行贾奔波之"苦"，办饭喂马之"苦"，履霜汲水之"苦"，蒺藜刺足之"苦"，冬无夹袄、夏无单衣之"苦"……但凡此种种苦况，大都又属虚写，至第三段收瓜贩瓜方始实写。汉王褒《僮约》曾言及其时奴婢之种种苦役，"当从百役使，不得有二言"，本诗孤儿劳役之繁重，实有过之而无不及。诗叙述平直中见曲折，至"不如早去，下从地下黄泉"，似已终篇，却又另起一段。前人于此备极赞赏。贺贻孙曰："乐府古诗佳妙，每在转接无端、闪烁光怪，忽断忽续，不伦不次。如群峰相连，烟云断之；水势相属，缥缈间之。然使无烟云缥缈，则亦不见山连水属之妙矣。《孤儿行》从'不如早去，下从地下黄泉'后，忽接'春草动，草萌芽'……，语意原不相承，然通篇精神脉络，不接而接，全在此处。"(《诗筏》)

## 艳歌何尝行

　　飞来双白鹄[1]，乃从西北来。十十五五，罗列成行[2]。（一解）妻卒被病[3]，行不能相随。五里一反顾[4]，六里一徘徊。（二解）"吾欲衔汝去，口噤不能开[5]。吾欲负汝去，毛羽何摧颓[6]。（三解）乐哉新相知，忧来生别离[7]。踟蹰顾群侣[8]，泪下不自知。"（四解）

　　"念与君离别，气结不能言[9]。各各重自爱，远道归还难。妾当守空房，闭门下重关[10]。若生当相见，亡者会黄泉。"今日乐相乐，延年万岁期[11]。

**题解** ————　本篇为汉乐府古辞，借白鹄之口，表现人间恩爱夫妻生离死别之情。最早见于《宋书·乐志》，题为《白鹄艳歌何尝》，属大曲。《乐府诗集》收入相和歌辞瑟调曲，题一作《飞鹄行》。本篇正曲分四解（按：乐歌的段落），"念与"以下为趋辞（按：乐歌的尾声）。艳歌，指乐曲的序曲，多见于乐府大曲。

[1] 鹄（hú），天鹅。按："鹄"一作"鹤"。

[2] 十十五五，或十只一行，或五只一行。

[3] 妻，指雌鹄。卒，同"猝"，突然。被病，得病。被，遭、染上。[4] 顾，回头看。

[5] 噤（jìn），口闭。[6] 摧颓，损毁脱落。

[7] 来，与前句"哉"，皆为语助词。按：这两句用《楚辞·少司命》"悲莫悲兮生别离，乐莫乐兮新相知"语意。[8] 蹰踟，即踟蹰，徘徊犹豫。[9] 气结，哽咽。[10] 下重关，插上两道门闩。意指闭门独居，不与外界来往。关，门闩、门栓。[11] 这两句是当时乐曲结束时的套语，与正文内容没有必然联系，是乐工曲毕后面向听众的祝颂语。

据《宋书·乐志》和《乐府诗集》所载，本篇分正曲和趋辞两部分。正曲部分，纯用寓言体，写白鹄双飞，雌鹄中途害病，雄鹄无法负之飞行而悲怆万分。趋辞部分则用拟人手法，直接以妻别夫的口吻倾诉诀别衷曲。由于借白鹄来抒写人情，这就突破了单纯写人带来的某些限制。如"吾欲衔汝去""吾欲负汝去"，"衔""负"两字就非鹄不能道出，不仅切合鸟类的特性，更把人间夫妻间的真情挚意描绘得哀惋动人。借禽言鸟语叙述故事，早在《诗经》中已经出现，如《豳风·鸱鸮》即是。本篇在写法上与其一脉相承。

# 艳歌行

（一）

翩翩堂前燕[1]，冬藏夏来见[2]。兄弟两三人，流宕在他县[3]。故衣谁当补？新衣谁当绽[4]？赖得贤主人[5]，览取为吾组[6]。夫婿从门来，斜柯西北眄[7]。语卿且勿眄，水清石自见[9]。石见何累累[10]，远行不如归。

**题解** —————————— 本篇为汉乐府古辞。《乐府诗集》收入相和歌辞瑟调曲。共二首。此首列第一，写流落他乡者因涉男女之嫌而触发思乡之情。艳歌，本为乐曲正曲前的序曲，多见于乐府大曲，但也有独立成篇的。

## 注释

[1] 翩翩，飞行轻快的样子。[2] 藏，指燕子冬天飞去南方。[3] 流宕，流落飘荡。宕，同"荡"。[4] 绽，旧说为缝补之意。清吴兆宜注："缝补其裂亦曰绽。"按：此疑当作"缝制"解，两句谓旧衣无人为缝补，新衣无人为制作。[5] 贤主人，指贤惠的女主人。[6] 览，同"揽"，收。组（zhàn），同"绽"，缝制。[7] 斜柯，歪斜之意，此指侧身而立。按：柯，一作"倚"。西北，指其妻所坐之处。眄（miàn），斜视。[8] 卿，你，尊称。[9] 见，同"现"。这句犹"水落石出"之意，指心迹终会明白。[10] 累累（lěi），历历分明的样子。这两句是写流浪者内心的感慨。

## 评析

汉乐府中的游子思乡之作大都直接抒写愁思，此诗却颇为特别，围绕一个戏剧性的场面表现游子的辛酸。诗首两句比而兼兴，堂前之燕，冬去夏来，自有一定之时，而"兄弟两三人"流落他乡却久久不能归，对比之下，岂不愈觉悲苦！而"流宕"更不同于一般的"客游"，蕴有被迫无奈，生计无着之意。古诗中思妇征夫之词往往提到"衣着"，只缘时移节换之际，客居异乡者最敏感的即是衣着的无从着落，故诗接着即以衣衫无人缝补来突出生活中的种种窘迫。丈夫起疑一段，是情节高潮。但用墨仍十分经济，仅以其归家时瞬间的一个动作，就表现出心怀疑虑又不便发作的心态；羁旅者也未多作解释，仅用"水清石见"之喻表明心迹。至此，误会或许已冰释，但流浪者心头阴影却不易消去。

（二）

　　南山石嵬嵬[1]，松柏何离离[2]。上枝拂青云，中心数十围[3]。洛阳发中梁[4]，松树窃自悲[5]。斧锯截是松[6]，松树东西摧[7]。持作四轮车，载至洛阳宫。观者莫不叹，问是何山材。谁能刻镂此[8]？公输与鲁班[9]。被之用丹漆[10]，熏用苏合香[11]。本自南山松[12]，今为宫殿梁。

題解 —————— 本篇借南山之松的遭遇，表现道家鄙弃富贵、全身远害的思想。

147

## 注释

[1] 南即终南山。秦岭主峰，在长安（今西安）之南。一说，南山系泛指。嵬嵬（wéi），高高耸立的样子。[2] 离离，形容树木林立。[3] 中心，指树木的主干。围，古量词，通常以双手合抱为一围。[4] 发，采伐。中梁，犹言"栋梁"。[5] 窃，私下。[6] 截是松，砍伐这棵松树。是，此，这。[7] 摧，折，折断。[8] 镂，雕刻。[9] 公输、鲁班，即公输班，鲁国巧匠。这里重复起强调作用，意谓此佳材非得名匠如公输班才配雕琢装饰之。[10] 被，加。丹，朱红色。[11] 苏合香，西域香名。[12] 本自，迭义连词，"自"即"本"。

## 评析

一棵普通的山木，经名匠刻镂雕琢，熏香涂漆，用作宫殿之栋梁，这在热衷富贵或"积极用世"者眼中，是何等荣耀之事，而诗中却以松树"窃自悲"三字点醒，揭示出荣禄无益而自然可贵之意。《庄子》中之神龟，宁曳尾于泥涂而不愿贮身玉盒，此诗取材虽异，立意则同。诗后半部分于"今为宫殿梁"一层，写得十分热闹，几令人艳羡不已，而松树本身态度一经点出，映照之下，题旨更为醒豁。汉代初年，黄老之学盛行，武帝以后，儒术独尊，人们的价值观也随之变化。但道家思想仍未冥灭，此诗便是一例证。

今日乐相乐[1]，相从步云衢[2]。天公出美酒，河伯出鲤鱼[3]。青龙前铺席[4]，白虎持榼壶[5]。南斗工鼓瑟[6]，北斗吹笙竽[7]。妲娥垂明珰[8]，织女奉瑛琚[9]。苍霞扬东讴[10]，清风流西歈[11]。垂露成帷幄，奔星扶轮舆[12]。

题解 —— 本篇为汉乐府古辞，《乐府诗集》未收。《太平御览》引作《古艳诗》。写天上一次神仙宴请的盛况，在汉代游仙诗中显得颇为别致。"艳歌"，参见前《艳歌行》题解。

## 注释

[1]乐相乐，欢乐无极之意。是乐府套语。一作"乐上乐"。[2]步云衢，踏上天路。衢，路。[3]河伯，传说中的黄河水神。[4]青龙，二十八星宿中东方七宿之总称。[5]白虎，二十八星宿中西方七宿之总称。榼（kè），酒器。[6]南斗，星名。鼓，弹奏。[7]北斗，星名。[8]姮（héng）娥，即嫦娥。珰，装饰物，这里大约指耳珰。[9]织女，星名，即河鼓星，传说中演化为女神。瑛，美玉。琚，佩玉。[10]苍霞，青云。讴，齐地之歌。齐地在东，故云东讴。[11]歈（yú），吴地之歌。[12]奔星，流星。轮舆，指车辆。这两句是想象宴罢登车归去时的情景。

## 评析

此诗描述一次天上的长夜之饮。赴宴者是人间凡人，能够"步云衢"，自然快乐无比。首句虽属乐府习用套语，用在这里却也十分贴切。席间美酒鲤鱼，佳肴杂陈；鼓瑟吹竽，乐曲悠扬；舞姿翩翩，歌声悦耳。而奔走侍奉其间者，无一不是神话人物和天上星宿。作者大胆借助于想象，使神祇星宿，各司其职。此诗虽属游仙，但诗中引以为豪奢的，皆是人间之物，可见种种描绘，均不过是人间盛宴的折射。此诗当时大约用于宴席之间娱宾佐饮，但其恢宏悠肆的气势，颐指群仙的意态，客观上也反映了汉代国力鼎盛时期人心昂扬自信的一面。

# 白头吟

皑如山上雪[1]，皎若云间月[2]。闻君有两意[3]，故来相决绝。今日斗酒会[4]，明旦沟水头[5]。躞蹀御沟上[6]，沟水东西流[7]。凄凄复凄凄[8]，嫁娶不须啼[9]。愿得一心人，白头不相离。竹竿何袅袅[10]，鱼尾何簁簁[11]。男儿重意气[12]，何用钱刀为[13]？

**题解** —————— 本篇为汉乐府古辞。最早见于《玉台新咏》，题为《皑如山上雪》。《西京杂记》："司马相如将聘茂陵人女为妾，卓文君作《白头吟》以自绝，相如乃止。"谓是卓文君作，然恐为小说家之附会。此诗写女子向用情不专的丈夫表示决绝。篇名取意于诗中"愿得一心人，白头不相离"两句。

[1]皑，《说文》："霜雪之白也。"[2]皎，明洁。[3]两意，犹言"二心"，指男子负情。[4]斗酒会，饮酒聚会。斗，盛酒之器。[5]明旦，明天一早。[6]蹀躞（xiè dié），小步行走。御沟，流经宫苑或环绕宫墙的水沟。[7]东西，偏义复词，这里偏指"东"。[8]凄凄，悲伤的样子。[9]嫁娶，偏义复词，这里偏指"嫁"。[10]竹竿，指钓竿。袅袅，柔长而轻轻摆动的样子。[11]簁簁，形容鱼尾湿濡而摇摆的样子。按古歌谣中常用钓鱼索征求偶，此亦暗喻男女情爱。[12]意气，此指情义。[13]钱刀，古代钱币有铸成刀形的，故称。

此诗写一女子毅然与负心男子决绝。诗意每四句递进一层。首四句开门见山，指出决绝的原因是男子用情不专。"山上雪""云间月"的比喻，强调她的纯洁和忠贞，更显示出男子的负情。次四句正面写决绝。但丈夫负心，毕竟令人痛心，接着四句便写她在万般伤心之际，对真挚爱情的憧憬。最后四句指出男女之间只有真心相爱，才能幸福快乐，男儿当重视真情，岂可为钱财而负心。

# 怨歌行

新裂齐纨素[1]，鲜洁如霜雪[2]。裁为合欢扇[3]，团团似明月[4]。出入君怀袖，动摇微风发。常恐秋节至，凉飙夺炎热[5]。弃捐箧笥中[6]，恩情中道绝。

## 题解

本篇为汉乐府古辞。一作《怨诗》。最早见于《文选》及《玉台新咏》，皆题汉成帝妃班婕妤作。《玉台新咏》并有小序云："昔汉成帝班婕妤失宠，供养于长信宫，乃作赋自伤，并为《怨诗》一首。"今人大都据唐李善注《文选》引《歌录》"《怨歌行》，古辞"，认为是无名氏作。《乐府诗集》收入相和歌辞楚调曲。诗以秋扇见捐为喻，写出宫中妃嫔始遭玩弄，终被遗弃的悲惨命运。

## 注释

[1]裂,裁。纨素,泛指绢类丝织品。纨,素之精细者。古时以齐国所产为佳。[2]鲜洁,一作"皎洁"。[3]欢扇,一种有对称图案花纹的双面团扇,象征"和合欢乐"。此处兼有以纹扇的精美比喻女子美丽之意。[4]团,犹"圆圆"。一作"团圆"。[5]飙,疾风。一作"风"。[6]箧笥(qiè sì),泛指箱子。箧,长方形的竹箱。笥,正方形竹箱。

## 评析

此诗从表现形式看,是一首咏物诗;从内容看,是一首宫怨诗。从咏物角度看,诗紧紧抓住了团扇的特征,通过写团扇的制作、外形、用途及秋凉见弃等,刻画得十分具体形象。团扇是古时生活中常见之物,以此为喻,别具只眼,贴切自然;用意委婉,音韵和平,文句清丽而表达含蓄,实开后世咏物和宫怨诗之先声。钟嵘评曰:"团扇短章,辞旨清捷,怨深文绮,得匹妇之致。"(《诗品》)

关东有义士[1]，兴兵讨群凶[2]。初期会盟津[3]，乃心在咸阳[4]。军合力不齐，踌躇而雁行[5]。势利使人争，嗣还自相戕[6]。淮南弟称号[7]，刻玺于北方[8]。铠甲生虮虱[9]，万姓以死亡。白骨露于野，千里无鸡鸣。生民百遗一[10]，念之断人肠。

蒿里行

曹操

题解 ——— 本篇《乐府诗集》收入相和歌辞相和曲。东汉初平元年（190年），关东各州郡联合起兵讨伐董卓，推袁绍为盟主。但又各怀异心，拥兵观望，旋更互相火并，造成对社会经济的极大破坏。此诗即记述这一段史事，抒写作者悯时哀民的情怀。

[1] 关东，指函谷关（今河南灵宝县西南）以东地区。义士，指讨伐董卓的各州郡将领。[2] 群凶，指董卓等一伙。[3] 初期，原先期望。会盟津，相传武王伐纣，曾与各路诸侯会合于孟津。盟津，即孟津，古黄河渡口。[4] 乃心，指思念、怀念。《尚书·康诰》："虽尔身在外，乃心不在王室。"咸阳，秦都城。"乃心咸阳"犹"乃心王室"之意。这两句都是用典，意谓原先期望各路军队团结结盟，忠于国事，平定董卓之乱。[5] 踌躇，犹徘徊。雁行，指讨伐董卓的各路军队彼此观望，如雁飞成行，排成一字，不敢率先出击。《三国志·武帝纪》载，其时"卓兵强，绍等莫敢先进。太祖曰：'举义兵以诛暴乱，大众已合，诸君何疑？'"又载："太祖到酸枣，诸军兵十余万，日置酒高会，不图进取。"[6] 嗣还，随即，不久。还，同"旋"。自相戕，自相残杀。[7] 淮南句，指建安二年（197 年）袁术在淮南寿春（今安徽寿县）称帝。[8] 玺，皇帝的印。初平二年（191 年）袁绍谋立幽州牧刘虞为帝，私刻金玺。后因曹操反对及刘虞推辞，未能实现。时袁绍屯兵河内（今河南武涉县西南），故称"北方"。[9] 铠甲，护身战袍。金属制的叫铠，皮革制的叫甲。这句说连年征战，将士铠甲不离身，以致长出蛆虱。[10] 生民，人民。百遗一，极言死亡之多。

## 评析

曹操是建安时代当之无愧的文坛领袖。他"好音乐，倡优在侧，常以日达夕"(《三国志·武帝纪》)，极熟悉乐府诗，现存诗二十余首，全是清一色的乐府诗。曹操是"改造文章的祖师"(鲁迅语)，汉乐府旧曲经他手被改造成了叙事言志的有效形式。本诗是一首汉末"实录"，借用汉代挽歌旧曲，声调悲怆。重点在写军阀混战及其恶果。全诗"欲抑先扬"(张玉谷《古诗赏析》)，贯串着作者强烈的爱憎，先为"兴兵"而振奋，称之"义士"，赞之"讨凶"；继为自相残杀、称王称霸而失望；最终"结到感伤，重在生民涂炭"(同上)。汉末诗人对社会动乱引起的灾难有过许多真实的描绘："中野何萧条，千里无人烟"(曹植《送应氏》)，"出门无所见，白骨蔽平原"(王粲《七哀诗》)，等等，但如作者把批判锋芒直指造成惨剧的军阀之作却不多见，表现出其"看尽乱世群魔情形"(《古诗归》)的政治家气魄。故而虽"极写伤乱之惨"，风格则"真朴雄阔远大"(《昭昧詹言》)。

# 短歌行

曹操

对酒当歌[1]，人生几何[2]？譬如朝露[3]，去日苦多[4]。慨当以慷[5]，忧思难忘。何以解忧？唯有杜康[6]。青青子衿，悠悠我心[7]，但为君故[8]，沉吟至今[9]。呦呦鹿鸣[10]，食野之苹[11]。我有嘉宾，鼓瑟吹笙[12]。明明如月，何时可辍[13]？忧从中来[14]，不可断绝。越陌度阡[15]，枉用相存[16]。契阔谈宴[17]，心念旧恩。月明星稀，乌鹊南飞。绕树三匝[18]，何枝可依[19]？山不厌高，海不厌深[20]。周公吐哺，天下归心[21]。

题解 ———————— 作者《短歌行》共二首，《乐府诗集》收入相和歌辞平调曲。本篇原列第一。大约作于建安十三年（208 年）曹操为丞相之后。其时由于赤壁之战失利，一统大业受阻，此诗即表达了他"叹流光易逝，欲得贤才以早建王业"的愿望。"短歌"，参见前《长歌行》题解。

## 注释

[1] 当，与"对"同义，面对。一说，作"应当"解。[2] 几何，多少。[3] 朝露，古人常以朝露易干喻生命短促。[4] 去日，已逝去的岁月。苦多，苦于太多。[5] 慨当以慷，即慷慨之意。当以，无实际意义。这句是指宴间歌声慷慨激昂，但亦兼心情而言之。[6] 杜康，传说中最早造酒的人，这里借代酒。[7] 子，你。衿，衣领。青衿，周代学子的服饰。这两句系《诗经·郑风·子衿》成句。与原诗写女子思念情人不同，而是借以表示对贤才的思慕。[8] 但，只。君，指所思慕之贤才。[9] 沉吟，低头沉思、小声念叨的样子。这两句本辞无，据晋乐所奏及《文选》补。[10] 呦呦，鹿鸣声。[11] 苹，艾蒿。据说鹿找到艾蒿会呦呦而鸣，互相召唤。[12] 这四句系用《诗经·小雅·鹿鸣》成句。表示作者渴望礼遇贤才的心情。[13] 辍，停止。一作"掇"。按：郑玄《论语》注曰："辍，止。掇，古字通。"[14] 中，指心中。[15] 陌、阡，都是田间小路。东西叫"陌"，南北叫"阡"。[16] 枉，屈驾。相存，相问，拜访。这两句意为客从远道屈驾来访。[17] 契阔，久别之意。谈宴，谈心饮宴。[18] 匝，圈。[19] 依，此指鸟儿栖息。这四句写眼前景物获以鸟儿择枝而栖，想到贤士正择主而事一。[20] 厌，嫌弃。《管子·形势解》："海

161

不辞水，故能成其大；山不辞土，故能成其高；明主不厌人，故能成其众。"这两句语本此，以山海为比，说明接纳贤才越多越好。[21]周公，西周初杰出政治家。姓姬，名旦，周武王之弟，助武王灭殷，后又辅佐成王，建立周朝典章制度。吐哺，《史记·鲁周公世家》载，周公尝言："我一沐三捉发，一饭三吐哺，起以待士，犹恐失天下之贤人。"作者这里以周公自比，表示要礼贤下士。

## 评析

这首发自深心之咏叹调，笔笔紧扣"忧思"两字。先从人生短促如朝露寄慨，直写"忧思"难忘；继以唯有痛饮方能解忧，映衬"忧思"之重；然后借《诗经》成句点出"忧思"之具体内容：盼望得到贤才，拨乱返治。"月明"四句，隐喻四海流溃之际，贤才亦正在择主而从，故最后表明要效法周公，吐哺下士，以求"天下归心"，从而根绝"忧思"。联系作者建安十五年所作之《求贤令》所谓"天下尚未定，此特求贤之急时也"，此诗实是一篇艺术化的"求贤"之作。诗气势磅礴，慷慨深沉，生命短促和事业艰难，离情烦愁和欢聚酣畅，求贤若渴和贤士难得等矛盾而复杂的感情错综交织，形成跌宕起伏的旋律。

## 观沧海

东临碣石[1]，以观沧海。水何澹澹[2]，山岛竦峙[3]。树木丛生，百草丰茂。秋风萧瑟[4]，洪波涌起。日月之行，若出其中；星汉粲烂[5]，若出其里。幸甚至哉[6]，歌以咏志[7]。

**题解**　　本篇《乐府诗集》收入相和歌辞瑟调曲。汉旧曲，详见前《步出夏门行》（"邪径过空庐"）题解。建安十二年（207年），曹操北征乌桓。五月，率军出击；九月，胜利回师。本篇即写其北征归途中的见闻感想。前有"艳辞"（序曲）云："云行雨步，超越九江之皋。临观异同，心意怀游豫，不知当复何从。经过至我碣石，心惆怅我东海。"叙说出征前众人意见分歧及遭大水阻隔而引起的惆怅心情。全篇分《观沧海》《冬十月》《河朔寒》《龟虽寿》四解。但这"四解"与其他古乐府一章几个层次之"解"似稍有不同，每"解"内容完全独立，故通常视之为一组组诗。《观沧海》原列第一，写登临碣石远眺大海，是古代出现较早的描写自然的名作。沧海，大海，这里指渤海。

龟虽寿

　　神龟虽寿[1]，犹有竟时[2]；腾蛇乘雾[3]，终为土灰。老骥伏枥[4]，志在千里；烈士暮年[5]，壮心不已[6]。盈缩之期[7]，不但在天。养怡之福[8]，可得永年[9]。幸甚至哉，歌以咏志。

题解 ———————— 《龟虽寿》原列第四解，是一首闪烁朴素辩证思想的说理诗。

## 注释

[1] 神龟，古有龟寿千岁之说，把龟看作神物。《庄子·秋水》："吾闻楚有神龟，死已三千岁矣。"虽然活到三千岁，仍不免一死，故下句说"犹有竟时"。[2] 竟，终，此指死去。[3] 腾蛇，传说中一种能兴云驾雾的蛇。《韩非子·难势》："飞龙乘云，腾蛇游雾。"[4] 老骥，原作"骥老"。枥，马棚。[5] 烈士，胸怀壮志的人。暮年，晚年。[6] 不已，不止。[7] 盈缩，此指寿夭，生命的长短。盈，满。缩，亏。[8] 养怡，犹"养和"，修养身心。[9] 永年，长寿。

## 评析

诗托物说理，以神奇的神龟、腾蛇作喻，揭示出世上万物有盛必有衰，有生必有死的自然规律。中四句是全诗核心，"老骥""烈士"，既是泛写，亦暗比作者本人"虽暮年而壮心不已"（朱乾《乐府正义》）。据《世说新语·豪爽》载，晋王敦每酒后辄吟唱这四句诗，"以如意打唾壶，壶口尽缺"，可见其感染力之强。梁启超评《短歌行》及本篇说："大抵两汉四言，过于矜严，遂乏诗趣。或貌袭《三百篇》，益成陈腐。魏武此两篇，以当时五言的风韵入四言，遂觉生气远出，能于《三百篇》外别树一壁垒。"（《中国之美文及其历史》）

168

西京乱无象[1]，豺虎方遘患[2]。复弃中国去[3]，委身适荆蛮[4]。亲戚对我悲，朋友相追攀[5]。出门无所见，白骨蔽平原[6]。路有饥妇人，抱子弃草间。顾闻号泣声[7]，挥涕独不还[8]。"未知身死处，何能两相完[9]？"驱马弃之去，不忍听此言。南登霸陵岸[10]，回首望长安。悟彼下泉人[11]，喟然伤心肝[12]。

七哀诗

王粲

**题解** ——————— 唐吴兢认为"《七哀》，起于汉末"（《乐府古题要解》）。《乐府诗集》未收。然其相和歌辞楚调曲中有曹植《怨诗行》。似亦当属相和歌一类。所谓"七哀"，吕向云："谓痛而哀，义而哀，感而哀，怨而哀，耳闻目见而哀，口叹而哀，鼻酸而哀也。"（《文选六臣注》）其他亦各有说法，然皆臆测之辞。但意指哀思之多则无疑问。王粲《七哀诗》共三首。此选一首。作于初平三年（192年），遭李傕、郭汜之乱赴荆州途中。

注释 ——————

[1] 西京，指长安（今陕西西安）。东汉都洛阳，长安在洛阳之西，故称之为西京。[2] 豺虎，指董卓余党李傕、郭汜等人。方遘患，正在制造祸乱。遘，同"构"。《三国志·董卓传》载，董卓被司徒王允用计诛杀后，董卓部将李傕、郭汜继续兴兵作乱，"围长安城，十日，城陷"。[3] 中国，此泛指北方中原地区。[4] 委身，托身、寄身。适，往。荆蛮，指荆州（治所在今湖北襄阳）。荆州本楚国之地，楚本名"荆"；古人又称南方民族为"蛮"，故旧称荆州为蛮荆或荆蛮。时荆州未遭兵祸，荆州刺史刘表又曾就学于王粲祖父王畅，故赴荆避难。[5] 攀，谓攀拉车辕，表示恋恋不舍。[6] 蔽，遮蔽。此句可见其时战乱饥馑造成的惨况。[7] 顾，回头。一说，顾，但、只。[8] 挥涕，洒泪、流泪。两句写饥妇无奈弃子之状。[9] 两相完，两者都得以保全。[10] 霸陵，汉文帝刘恒墓，地处长安东南。（见《三辅黄图·陵墓》）岸，高地。[11] 下泉人，指《下泉》诗的作者。《下泉》，《诗经·曹风》篇名。《毛诗序》："《下泉》，思治也……曹人思明王贤伯也。"下泉，即"黄泉"，指地下。[12] 喟（kuì）然，长叹息的样子。这四句意为登霸陵而回望长安，思及汉文帝时之太平治世，从而领悟《下泉》诗作者怀念明君，渴求治世之心情，不由伤心感叹。

此为身处离乱而思治之作。首两句交代其时背景。"乱无象"，是对局势混乱、民不聊生的高度概括，而其形成则是因"豺虎"构患所致，这正是"复弃中国去"之由。王粲本从洛阳流离到长安，今又要赴荆，故云"复弃"。"荆蛮"是远离长安僻远之地，特加拈出，以示此番"委身"，情非得以，故亲友追攀，悲伤至极。"出门"以下，具体写"乱无象"。"无所见"，正是为了突出下句"白骨蔽平原"。其时乱军"放兵略长安，老少杀之悉尽，死者狼藉"（《三国志·董卓传》），此为兵祸；关中饥荒，民众饿死无数，"流入荆州者十万余家"（《三国志·卫凯传》），此为天灾。累累白骨遍地，正是兵祸天灾造成的惨景。至此，诗人笔锋一转，插入一饥妇弃子悲剧。末四句归结到思治。"霸陵者，汉文之所葬也；长安者，汉文之故都也。使在长安者犹汉文也，岂有白骨蔽野、母子不相顾之事，而己亦何至舍弃中国而去哉！故《下泉》伤天下之无主，盖有今日之乱罪累上之意。"（《六朝选诗定论》）

# 燕歌行

曹丕

秋风萧瑟天气凉[1]，草木摇落露为霜[2]。群燕辞归雁南翔[3]，念君客游多思肠[4]。慊慊思归恋故乡[5]，君何淹留寄他方[6]？贱妾茕茕守空房[7]，忧来思君不敢忘[8]。不觉泪下沾衣裳。援琴鸣弦发清商[9]，短歌微吟不能长[10]。明月皎皎照我床[11]，星汉西流夜未央[12]。牵牛织女遥相望[13]，尔独何辜限河梁[14]？

**题解** —————— 曹丕《燕歌行》共二首，《乐府诗集》收入相和歌辞平调曲。本篇原列第一。清朱乾谓乐府诗的题目冠以不同地名，是表示此曲"以各地声音为主。后世声音失传，于是但赋风土"。燕地因"地远势偏，征戍不绝，故为此者往往作离别之辞"（《乐府正义》）。

## 注释

[ 1 ]萧瑟，秋风拂树发出的声响。[ 2 ]摇落，凋谢零落。宋玉《九辩》："悲哉秋之为气也，萧瑟兮草木摇落而变衰。"[ 3 ]雁，原作"鹄"，据《文选》《玉台新咏》改。[ 4 ]思肠，相思愁绪。多思肠，《文选》作"思断肠"。[ 5 ]慊慊（qiàn），憾恨、空虚的样子。[ 6 ]淹留，久留。君何，一作"何为"。[ 7 ]贱妾，古代妇女的自我谦称。茕茕（qióng），孤独的样子。[ 8 ]不敢忘，不能忘。[ 9 ]援，取。琴，原作"瑟"，据《艺文类聚》改。鸣弦，使弦发出声响，即弹奏之意。清商，汉代开始流行的新兴曲调，主要有平调、清调、瑟调等，以悲惋凄清为特色。[ 10 ]短歌，音节短促的乐歌。故而谓之"微吟不能长"。微吟，轻声低唱。[ 11 ]皎皎，洁白明亮。[ 12 ]星汉，银河。夜未央，夜深而未尽之时。[ 13 ]牵牛，即河鼓星，在银河南。织女，织女星，在银河北。传说牵牛、织女结成夫妇，为银河所隔，"盈盈一水间，脉脉不得语"（《古诗十九首》）。[ 14 ]尔，指牵牛、织女。辜，罪。限河梁，意为银河之上无桥可通，为此所限。限，险阻。河梁，河上之桥。

此诗笔触委婉细腻，将一个少妇缠绵徘恻的相思情愫刻画入微。诗首两句为凄清秋景，自宋玉首唱"悲秋"，秋景本已易引起人们的悲感，更何况燕雁南归，岂不益发牵动少妇之愁肠？"念君"以下，由景入情。先不说自己思夫，反说丈夫在思乡；继而直接倾吐哀怨。"援琴"两句写她弹琴作歌，排遣苦闷，然而，清商调悲，短歌微吟又有何用呢？诗最后又撇情入景，明月照床，星汉西流，一则暗示时辰迁移，由昼入夜，而少妇之绵绵相思仍难终止；再则引出牵牛、织女隔河遥望，以陪衬她独守空房的悲伤。"尔独何辜限河梁"，是痴问，也是怨叹，更是无限愁绪郁结心头的迸发。诗用思妇口吻，如泣如诉，含蕴不尽。王夫之击节叹赏，称之"倾情、倾度、倾色、倾声，古今无俩"（《船山古诗评选》）。歌诗的形式在当时亦极新颖。乐府七言句虽早在西汉《饶歌》中已有所见，《郊祀歌》用得更多，但西汉一代始终未有完整的七言诗。东汉张衡《四愁诗》初具规模，然每段首句均带"兮"字，未脱骚体痕迹。故此诗历来被誉为"七言之祖"（何焯《义门读书记》）。

吁嗟此转蓬[1]，居世何独然[2]。长去本根逝[3]，夙夜无休闲[4]。东西经七陌[5]，南北越九阡。卒遇回风起[6]，吹我入云间。自谓终天路，忽然下沉渊[7]。惊飙接我出，故归彼中田[8]。当南而更北，谓东而反西。宕宕当何依[9]，忽亡而复存[10]。飘飘周八泽[11]，连翩历五山[12]。流转无恒处[13]，谁知吾苦艰。愿为中林草[14]，秋随野火燔[15]。糜灭岂不痛[16]，愿与根荄连[17]。

**题解**

曹植，字子建，曹操第四子。他文才富艳，生前即被目为"绣虎"。曹植很重视民间文学，主张"街谈巷说，必有可采"，他注意向汉乐府俗曲学习，其成就首推乐府诗。由于曹丕父子的猜忌，曹植长期离开国都，置于监国使者的监控之下，且经常改换封地。丁晏说："《魏志》本传：（植）十一年中而三徙都，常汲汲无欢，遂发疾薨。此诗当感徙都而作也。"（《曹集铨评》）此诗借咏蓬草，诉说自己屡遭转徙的痛苦心情。吁嗟，叹词。

## 注释

[1] 蓬，菊科植物，秋季开白色球状小花，遇风即离枝飞旋，故称"转蓬"。[2] 居世，犹"处世"。独然，唯独如此。[3] 去，一直离开。逝，往，去。[4] 夙夜，犹言"早晚"。休闲，犹言"休息"。[5] 陌，和下句"阡"均指田间小路。南北曰阡，东西曰陌。"七陌""九阡"，极言路途之遥。[6] 卒，同"猝"，忽然。回风，《尔雅·释天》："回风为飘。"飘，旋风。起，扬起。[7] 渊，一作"泉"。按："泉"，系唐人避高祖李渊讳改，作"渊"是。[8] 中田，田中。[9] 宕宕，犹"荡荡"。飘忽不定的样子。[10] 亡，消失。[11] 飘飘，飞扬不定的样子。八泽，古代八大水泽，即大泽、大诸、元泽、浩泽、丹泽、泉泽、海泽、寒泽。见《淮南子·地形训》。又《尔雅·释地》所载不同，谓是大野、大陆、杨陓、孟诸、云梦、具区、海隅等。[12] 连翩，连续飞翔的样子。五山，指五岳，谓泰山、衡山、华山、恒山、嵩山。两句形容流离播迁，几遍全国各地。[13] 恒处，固定的处所。[14] 中林，林中。[15] 燔，焚烧。[16] 糜灭，犹言"糜烂"。《汉书·贾山传》："万钧之所压，无不糜灭者。"[17] 荄（gāi），草根。按：曹植在《释思赋》《七步诗》中都以"同根"喻骨肉之亲，此处亦然。

# 评析

蓬草的特点，古人早已注意。《说苑》曰："秋蓬恶于根本而美于枝叶，秋风一起，根且拔矣。"曹操亦云："田中有转蓬，随风远飘扬。长与故根辞，万岁不相当。"（《却东西门行》）曹植借蓬草喻象，写徙移无定之苦，确是恰到好处。诗首两句一声叹息、一句反诘，愤慨不平之气笼罩全篇。"长去"两句，总写"吁嗟"之因。以下四句一层，层层展开。"经""越""遇""吹""入""下""出""归""亡""存"等一连串动词，将秋蓬"流转无恒处"之意，反复强调，曲折尽致。作者自黄初二年（221 年）贬安乡侯，其年改封鄄城侯，四年徙封雍丘，太和元年（227 年）徙封浚仪，二年复还雍丘，流离播迁，道路艰苦，非如此描写岂能尽意？诗末表示甘愿为秋火所焚，只求与根茎相连。痛心之愿，与篇首"吁嗟"之叹、"独然"之愤，遥相呼应。

# 野田黄雀行

曹植

高树多悲风，海水扬其波[1]。利剑不在掌[2]，结友何须多[3]！不见篱间雀[4]，见鹞自投罗[5]？罗家得雀喜[6]，少年见雀悲。拔剑捎罗网[7]，黄雀得飞飞[8]。飞飞摩苍天[9]，来下谢少年。

题解 —————— 本篇《乐府诗集》收入相和歌辞瑟调曲。黄初元年（220 年），曹丕即帝位后，即诛杀曹植密友和支持者丁仪、丁廙兄弟。朱乾以为此诗为"自悲友朋在难，无力援救而作"（《乐府正义》）。近人黄节据《魏略》所载丁仪被收入狱中之前，曾"对中领军夏侯尚叩头求哀，尚为涕泣，而不能救"（《三国志·陈思王传》裴注引），认为："诗中少年，疑即指尚……植为此篇，当在收仪付狱之前，深望尚之能救仪，如少年之救雀也。"（《曹子建诗注》）详诗意，黄节说近是。

## 注释

[1]扬,掀起。[2]利剑,比喻权柄。[3]结友,一作"结交"。[4]见,这里是"难道没有看见"之意。[5]鹞,一种像鹰而体型较小的猛禽。自投罗,谓雀见鹞而惊慌失措,自投罗网。[6]罗家,张设罗网之人。[7]捎,削拂、挑破之意。[8]得,能够。飞飞,形容雀飞轻快之状。[9]摩,迫近,接触。

## 评析

此诗十二句,比较隐晦曲折,当同面对曹丕的无情打击,作者身处危境有关。前四句借自然景象暗示政治形势凶险,抒写手无权柄而无法援救友人的悲愤。后八句叙说一少年救雀故事,显然希冀有力者为之营救。诗的基调虽属忧伤,但感情由篇首的悲慨一转而为企盼,篇终处更见亢奋。"不见"两字,衔接自然,"尤妙在平叙中入转一结,悠然如春风之微歇"(《船山古诗评选》)。

（一）

　　有生必有死，早终非命促[1]。昨暮同为人，今旦在鬼录[2]。魂气散何之[3]，枯形寄空木[4]。娇儿索父啼，良友抚我哭。得失不复知，是非安能觉[5]。千秋万岁后，谁知荣与辱？但恨在世时，饮酒恒不足[6]！

**挽歌**

陶渊明

**题解** ——————— 《挽歌》三首写陶渊明面对死亡的达观心理。《乐府诗集》收入相和歌辞相和曲。陶另有《自祭文》作于宋文帝元嘉四年（427年）九月，《挽歌》有"严霜九月中，送我出远郊"语，大约同时所作。陶是年十一月卒，距此作仅二个月。

## 注释

[1] 早终，早死。命促，短命。此言生死属于自然之事，早死亦非短命。[2] 在鬼录，名登鬼录，指死。鬼录，所谓阴间记录死人的薄册。[3] 魂气，魂灵。散何之，作者认为人死则魂散。何之，何处去。[4] 枯形，指尸体。形，体。空木，指棺材。[5] 觉，知晓、明白。[6] 恒不足，常不得满足。

## 评析

古人云"死生亦大矣，岂不痛哉"（王羲之《兰亭集序》）。送葬伤逝的挽歌，自然都是悲痛之调。但陶渊明这三首歌，尽管是自挽，却表现出一种勘破生死的达观。第一首总述其对生死的看法。"有生必有死"，即使早死亦非"命促"，这堪称三首诗之总纲，亦是作者之生死观。作者否定灵魂之说，认为人死后"魂气"消散，唯有"枯形"寄放于棺木之中，任是儿啼友哭，死者全然毫无知觉；"是非""荣辱"，更是一概不再知晓。这既是对生前争名争利之芸芸众生的讥嘲，也是对自己返朴归真，追求田园自由生活的肯定。正因此，"但恨在世时，饮酒恒不足"，就同晋张翰"使我有身后名，不如即时一杯酒"的消极放纵有本质区别。

（二）

　　在昔无酒饮，今但湛空觞[1]。春醪生浮蚁[2]，何时更能尝[3]？肴案盈我前[4]，亲戚哭我傍[5]。欲语口无音，欲视眼无光。昔在高堂寝，今宿荒草乡。荒草无人眠，极视正茫茫[6]。一朝出门去[7]，归家良未央[8]。

注释 ——————— [1]但，只。湛空觞，谓酒杯中注满了酒。[2]春醪，犹言"春酒"，春天新酿熟的酒。古时大抵秋后开始酿制酒，至次年春天酒熟。浮蚁，酒酿熟后，有糟沫浮在酒面，谓浮蚁。[3]这句说，春醪虽好，已是明年之事，不能再喝到了。[4]肴案，置放菜肴之案几，指祭奠物。盈，满。[5]亲戚，一作"亲旧"。[6]茫茫，茂盛的样子。此形容荒草之茂。[7]出门去，指棺木运出家门。[8]良未央，永无归家之时。

183

## 评析

第二首写生前与死后之变化。在作者看来，变化不过两端而已。一是平昔喜欢饮酒而无酒，如今面对丰盛的祭奠之物却不能品尝。二是平昔宿息家舍，如今将栖坟场，一朝灵柩出门，永无归家之日。鲁迅说："陶潜总不能超于尘世，而且，于朝政还是留心，也不能忘掉死。"（《魏晋风度与药和酒》）所言甚是。但观陶生死之际，仅述此两端，可见于死确亦十分淡然，并不曾芥于胸怀，所谓"于属纩之际，犹能作此达语，非平生有定力定识，乌能得此"（温汝能《陶诗汇评》）。

（三）

　　荒草何茫茫，白杨亦萧萧[1]。严霜九月中[2]，送我出远郊。四面无人居，高坟正嶣峣[3]。马为仰天鸣[4]，风为自萧条[5]。幽室一已闭[6]，千年不复朝。千年不复朝，贤达无奈何[7]。向来相送人[8]，各自还其家。亲戚或余悲，他人亦已歌[9]。死去何所道，托体同山阿。

注释 —————— [1]萧萧，象声词，形容风吹白杨之声。[2]严霜，浓霜，凛冽的霜。[3]嶣峣（jiāo yáo），高耸的样子。[4]此句原作"鸟为动哀鸣"。《文选》《陶渊明集》均作"马为仰天鸣"，据改。[5]萧条，寂寞冷落。[6]幽室，谓墓穴。[7]贤达，有才能声望之人。[8]向来，刚才。[9]亦已歌，已在歌唱（不再悲哀）。《论语·述而》："子于是日哭，则不歌。"孔子参加丧礼，归后则一日不歌。此反用其意。

第三首写殡送场景及作者感慨。荒草、白杨，古代墓地常见之植被，映衬出凄凉的意味；茫茫、萧萧，均为蕴有强烈感情色彩的形容词。"严霜九月"，乃万物凋零之时；"远郊"，点出墓地之僻远。四周空空寂寂，高坟耸起，正是殡葬之地。马儿仰天悲嘶，风声萧索凄伤，虽未直接写人，而送葬者的悲哀之情已历历自现。墓穴一闭，幽明永隔，"幽室"两句为殡送场面作一小结。后八句由殡送而引出感慨。殡送者适才还沉浸于悲哀之中，然各自归家不过片刻，亲戚或有些余悲，他人已然高歌。不过这并非作者的愤激不满之语，而是客观冷静地写出人生的真实。故诗以达语作结：虽死而不悲，托体山阿，混同泥土而已。

三首挽歌，内容各有侧重但又浑然一体，联系紧密。第一首结尾处拈出"酒"字，次首即以"酒"叙起。第二首末云一朝出门，永无返日，第三首开头即写殡送。三首诗以"有生必有死"启端，终结以"托体同山阿"。语言平淡自然，犹如亲朋闲聊。至于诗中所述观点，在佛教因果轮回之说泛滥，神不灭论盛行之世，尤为可贵。"挽歌"一体，魏晋以降虽时有作品，但皆"撰作于闲暇宴游，相率而为放诞之举"（温汝能《陶诗汇评》），而陶诗却是其"将辞逆旅之馆，永归于本宅"（陶渊明《自祭文》），确确实实是临终前夕之作，至情真性，孰能企及？千古以来，一人而已。

夕殿下珠帘[1]，流萤飞复息[2]。长夜缝罗衣[3]，思君此何极！

玉阶怨

谢朓

题解 ———— 本篇《乐府诗集》收入相和歌辞楚调曲。相传汉成帝妃班婕妤失宠，作《团扇诗》，又有《自悼赋》，句云"华殿尘兮玉阶苔"。故本篇即以"玉阶"为题，咏写宫中女子失宠哀怨之情。玉阶，玉石台阶，此指代宫殿。

187

[1] 夕殿，黄昏后的宫殿。下珠帘，悬挂着珠帘。[2] 流萤，飞动的萤火虫。息，停止。[3] 罗衣，以罗制作的衣服。罗，丝织物名。

评析 ————————————————

这首宫怨诗，首两句描绘出一种静谧幽悄的境界。飞动的萤火虫一闪一闪，反衬出宫殿的幽暗；小虫扑动翅翼的细微之声，尤显殿内的静寂。在如此夜深昏暗之中，如果不注意，谁也不会发现一个女子正坐在一隅悄然缝制罗衣。诗用典型场景烘托，暗示出她失宠的境遇。因前三句"能于景中含情，故言情一句便醒"（张玉谷《古诗赏析》），末句"思君此何极"，于不露声色之际即将其失落的痛苦点醒。全诗四句二十字，无一字提到"怨"，而怨情宛然。

# 江南曲

柳恽

汀洲采白蘋[1]，日暖江南春。洞庭有归客[2]，潇湘逢故人[3]。故人何不返？春花复应晚[4]，不道新知乐[5]，只言行路远[6]。

题解 ——————— 柳恽是齐梁时最有成就的诗人之一。天监元年（502 年），萧衍建立梁朝，以为侍中，与沈约等共同定新律。本篇《乐府诗集》收入相和歌辞相和曲。系沿用汉旧曲《江南》而创作的一首闺怨诗，描述一位江南妇女思念客游他乡的丈夫的怅惘心情。

## 注释

[1] 汀洲，水中小洲。白蘋，一种生长在浅水中的草本植物，多见于江南的水泽池塘。[2] 洞庭，洞庭湖，在今湖南省北部、长江南岸。[3] 潇湘，水名。湘水和潇水在湖南零陵以西汇合，称潇湘。古人常将洞庭和潇湘对举。故人，指诗中女主人公的丈夫。[4] 春花，此即指白蘋。此句意为春花又到即将凋谢的季节了。句意并非仅指季节迁易，还暗示出其丈夫又是一年没回家了，语中明显含有佳人迟暮之感。[5] 新知乐，另有新欢之乐。[6] 只言，一作"空言"。

## 评析

这首诗从江南春景切入题目，蘋花点点，日落春暖，一个"采"字更在静态的画面中融入了人物和动作。"涉江采芙蓉，兰泽多芳草。采之欲遗谁？所思在远道。"（《古诗十九首》）女主人公春日"采蘋"显然亦是藉此以寄托相思。而恰恰此时，一位洞庭归客告诉她曾在潇湘巧遇其故人，不由得在她心中激起阵阵涟漪。"何不返"，透露出她的不满和哀怨，"复应晚"，点明了她丈夫岂止一度未归。所以，尽管归客一再劝慰宽解，她依然充满疑虑。全诗清新流丽，情韵俱佳。虽为文人言情之作，也颇富乐府民歌的遗韵。王夫之誉之"含吐曲直，流连辉映，足为千古风流之祖"（《船山古诗评选》）。

191

雪溜添春浦[1]，花水足新流。桃发武陵岸[2]，柳拂武昌楼[3]。

# 棹歌行

魏收

魏收

**题解** ——————

魏收，历仕北魏、东魏、北齐三朝，北齐天保二年（551年），魏收受命撰写北魏历史，与房延祐等人联合撰成《魏书》。书成之后，被指为"秽史"，魏收三易其稿，方成定本。

本篇《乐府诗集》收入相和歌辞瑟调曲，描绘乘舟泛流之际所见的初春景色。《棹歌行》本汉旧曲，现存最早之辞为魏明帝曹叡（"王者布大化"一首，言平吴战伐之功。后世之作，亦有沿袭之言战事者，但大都变换内容，从曲名"但言乘舟鼓棹而已"（《乐府解题》）。

## 注释

[1] 雪溜，谓春雪消融。[2] 武陵，郡名，今湖南常德。陶渊明《桃花源记》有武陵人"忘路之远近，忽逢桃花林，夹岸数百步，中无杂树，芳草鲜美，落英缤纷"的描述，故后世常将桃花与武陵联系在一起。[3] 武昌，地名，在今湖北武汉。据《晋书·陶侃传》，陶侃镇守武昌时，属下有人盗移官柳，被他认出是武昌西门前柳。故后世又将柳与武昌联系在一起。

## 评析

唐杜甫《绝句》"迟日江山丽，春风花草香，泥融飞燕子，沙暖睡鸳鸯"，一句写一景，似不相关，而一幅盎然春意图已在目前。从艺术承递关系看，杜甫亦有所本，这首《棹歌行》即为其一。残雪消融，春水益急，桃花初发，垂柳轻拂，此诗四句分咏雪、花、桃、柳，各句间无一承接绕折的词语，却有意若贯珠之妙，构成一个统一的意境，给人以春光无限之感，透露出作者面临春回大地怡悦陶然的心情，难怪唐人要模拟其写法。

朔方烽火照甘泉[1]，长安飞将出祁连[2]。犀渠玉剑良家子[3]，白马金羁侠少年[4]。平明偃月屯右地[5]，薄暮鱼丽逐左贤[6]。谷中石虎经衔箭[7]，山上金人曾祭天[8]。天涯一去无穷已，蓟门迢递三千里[9]。朝见马岭黄沙合[10]，夕望龙城阵云起[11]。庭中奇树已堪攀[12]。塞外征人殊未还。白雪初下天山外[13]，浮云直向五原间[14]。关山万里不可越，谁能坐对芳菲月[15]？流水本自断人肠[16]，坚冰旧来伤马骨[17]。边庭节物与华异[18]，冬霜秋霜春不歇[19]。长风萧萧渡水来[20]，归雁连连映天没。从军行，军行万里出龙庭。单于渭桥今已拜[21]，将军何处觅功名[22]？

**从军行** 卢思道

**题解** ——————— 北朝文人的乐府诗创作极其冷清，偶有作者也少有佳作，值得一提的是卢思道。他生活于北朝后期至隋初，唐卢照邻评其诗"北方重浊，独卢黄门往往高飞"，尤长于乐府歌行，其中《从军行》最被传诵。《乐府诗集》收入相和歌辞平调曲。

## 注释

[1] 朔方，汉郡名。汉元朔二年（前127年）建，治所在今内蒙古杭锦旗西北。甘泉，汉宫名。秦始皇二十七年（前220年）建甘泉前殿，汉武帝加以扩充作为离宫，故址在今陕西淳化县甘泉山上。按：汉代匈奴常启边衅，《史记》有"烽火通于甘泉、长安"之说。[2] 飞将，汉武帝时名将李广，匈奴甚敬畏之，称为"汉之飞将军"（《史记·李将军列传》）。这里泛指汉代良将。祁连，山名，指甘肃西部和青海东北部一带山脉。[3] 犀渠，犀牛皮制作的盾牌。玉剑，剑柄或剑匣上镶玉之剑。良家子，好人家的子弟。按：汉代指当时社会地位低下的医、巫、商贾、百工等以外的人家。[4] 金羁，黄金制作的马络头。这句化用曹植《白马篇》"白马饰金羁，连翩西北驰。借问谁家子，幽并游侠儿"句意。[5] 平明，指拂晓。偃月，古战阵名，指其形犹如弯月的战阵。《三国志·魏书·杨阜传》："（阜）使从弟岳于城上作偃月营。"右地，指我国西部地区，汉时常屯兵于此，以备征战。[6] 薄暮，黄昏时刻。鱼丽，古战阵名。《左传·桓公五年》："为鱼丽之阵。"杜预注："《司马法》'车战二十五乘为偏'，以车居前……此盖鱼丽阵法。"当是车阵名。左贤，匈奴王爵名，有左贤王、右贤王，此泛指匈奴军事统帅。这两句

是说汉军时而按兵固守，时而进军出击。[7] 石虎，形状如虎的石块。《史记·李将军列传》载，李广箭法极好，一次夜间出猎，误将草丛中一块虎形石当作真虎，一箭射去，天亮后发现箭杆及箭尾的羽毛皆深陷石中，其神力令人惊叹不已。衔箭，即谓箭陷没石中。[8] 金人，铜人。匈奴用以祭天的神像。据《史记·匈奴列传》载，汉名将霍去病远征匈奴，长驱直入，至皋兰山，掠得匈奴休屠王的祭天金人。[9] 蓟门，即蓟丘，故址在今北京市德胜门西北土城一带。迢递，遥远。[10] 马岭，关名，在今山西太谷东南马岭山上。[11] 龙城，匈奴地名，又称龙庭。匈奴每年五月在此集会祭祀。故址在今漠北塔朱尔河一带。阵云，战云。[12] 奇树，佳树。这句化用古诗"庭中有奇树，绿叶发华滋。攀条折其荣，将以遗所思"句意。[13] 天山，在今新疆维吾尔自治区中部。[14] 直向，《百三名家集》作"直上"。五原，汉郡名。在今内蒙古自治区包头市西北。[15] 芳菲，芳香，指花。[16] 断人肠，谓伤心至极。这句暗用《陇头歌辞》"陇头流水，鸣声呜咽。遥望秦川，肝肠断绝"语意。[17] 这句暗用陈琳《饮马长城窟行》"饮马长城窟，水寒伤马骨"语意。[18] 节物，季节、风物。[19] 霰（xiàn），雪珠。这两句化用蔡琰《悲愤诗》"边庭与华异，人俗少义理。处所多霜雪，胡风春夏起"语意。[20] 萧萧，形容风声。[21] 单于（chán yú），匈奴王称号。渭桥，此指中渭桥，在长安城北渭水上。《史记·匈奴列传》载，汉宣帝甘露三年（前51年），匈奴单于呼韩邪入朝，宣帝登渭桥接见。其时在长安的各族君长都拜于桥下，呼万岁。[22] 这两句说，匈奴单于亦已进京求和，将军们还将去何处博取功名呢？

## 评析

南北朝边塞诗，或写边塞征战，或抒闺中相思，此诗则将两者融会贯通，并注入反战情绪，较之此前边塞之作，内容格外丰富多彩。全诗共分三层。首层十二句先写边塞战事，如同其时其他边塞诗，诗开头亦从边塞传警、大军出征叙起，但一概略去征途艰难，而将笔墨落在疆场交战、将士英勇，特别是路途遥远、久戍不归之上，从而自然引出次层十二句的闺中相思。次层从思妇的角度着墨，将相思之情置于物序变迁、岁月流逝、关山隔越的背景之下，与首层"天涯无穷""蓟门迢递"遥相呼应。最后一层为末四句。穷兵黩武，自然出自最高统治者之意，但诗人不便直加指斥，故仅委婉地讽刺那些将军，但其深意，不难于言外推知。全

诗融叙事、抒情、写景和议论于一炉。叙征战，慷慨遒劲；状离情，柔婉缠绵。将遒劲与柔婉两种不同风格交相会融于一首诗中，正由此诗开创风气，对唐人边塞诗颇有启迪。诗歌语言铺排中见整饬，对偶工稳而不滞，加上用典之纯熟，化用前人成句之自然，更使语意涵蕴丰厚。在偶句中插入"已堪""殊未""本自""旧来"等虚词，读来唯觉气势踔厉中见流畅舒缓。形式上汲取鲍照以来隔句用韵、自由换韵的手法，平仄相间、抑扬婉转的声律变化，平添节奏音韵之美。"音响格调，咸自停匀，体气丰神，尤为焕发"，确是"六朝歌行可入初唐者"（胡应麟《诗薮·内编》）。

# 清商曲辞

东晋、南朝时期的俗曲歌辞。
主要为江南的吴声歌曲，荆楚的
西曲歌和专门颂述地方神鬼的祭歌
（多杂有人鬼恋爱情节）。

子夜歌

（一）

落日出前门，瞻瞩<sup>[1]</sup>见子度。冶容<sup>[2]</sup>多姿鬓，芳香已盈路。<sup>[3]</sup>

### 题解

《乐府诗集》收入清商曲辞吴声歌曲。共四十二首。《宋书·乐志》谓《子夜歌》者，"有女子名子夜造此声"，恐系附会之谈。此曲或当由其和声"子夜来"而得名，大都是男女情爱之作。兹选九首，此首原列第一。

### 注释

[1]瞻瞩，观看、注视。子，你。度，经过。[2]冶容，美丽的容貌。[3]盈，满。

（二）

芳是香所为[1]，冶容不敢当[2]。天不夺人愿，故使侬见郎[3]。

## 注释

[1] 此首原列第二。香，指植香、沉香之类，古代女子多用以作化妆品。这句是说，芳香之气是由于香料造成。[2] 这句是说，称赞我漂亮，却不敢当。[3] 侬，犹"我"，古吴语。

## 评析

吴声西曲有部分歌辞是男女唱和酬答，所谓"郎歌妙意曲，侬亦吐芳词"。这两首《子夜歌》即是。前一首是男赠，称赞女子姿容美丽，芳香袭人；后一首是女答，谦逊地表示自己并不漂亮，并热切地吐露心曲。一唱一和的形式，对诗人创作颇有影响，如谢灵运之《东阳溪中赠答》、陈后主《估客乐》，以及唐代崔颢名作《长干行》等，皆仿效之。

# (三)

始欲识郎时，两心望如一。理丝入残机<sup>[1]</sup>，何悟不成匹<sup>[2]</sup>！

## 注释

[ 1 ] 此首原列第七。残机，残破的织机。

[ 2 ] 何悟，怎么知道。不成匹，织不成布匹，双关语，暗喻双方不能匹配成为夫妇。

## 评析

双关谐隐是民歌常用修辞手法，吴声西曲更结合引喻比兴，形成严格的表述形式：两句一组，前句先述一事物，比兴引喻，后句申明补定真正的含义。本诗是典型的一例。此女子开始时盼望两心如一，喜结良缘，孰料最终劳燕分飞，未成匹配。末句以反问出之，"何悟"与首句"始欲"对照，更突出了女子的失望、怨恨之情。

(四)

今夕已欢别[1]，合会在何时? 明灯照空局[2]，悠然未有期[3]。

## 注释

[1] 此首原列第九。欢别，别欢。欢，古吴语女子称情郎为"欢"。[2] 局，棋盘。[3] 悠然，谐音"油燃"。期，谐音"棋"。按:此句即"油燃未有棋"之谐音双关语。

## 评析

此诗写情人分别，盼望早日重聚。可"合会在何时"一句疑问，已透露出别易会难、重聚无望的伤感。三、四两句，亦采用双关谐音再次申说。先述一景 : 明亮的灯火映照着空空如也的棋局。次句则不再打哑谜，径直写出"悠然未有期"。

（五）

常虑有贰意[1]，欢今果不齐[2]。枯鱼就浊水[3]，长与清流乖[4]。

## 注释

[1] 此首原列第十八。贰意，怀有贰心。[2] 果不齐，果然不齐心，指变心。[3] 枯鱼，困于涸辙之鱼。一说为干鱼。就，靠近。[4] 乖，离，分离。

## 评析

此诗开门见山，入笔便点出女主人公心怀忧虑。一个"常"字，说明忧虑时日已久，心灵饱受折磨。次句写猜测得到了证实。"果不齐"与首句"常虑"呼应，仿佛一声深沉的叹息。后两句斥责男子负心，将其另觅新欢比作"枯鱼"趋就"浊水"，而以"清流"自喻，显示出她的自尊和对负心男子的鄙夷。

（六）

别后涕流连[1]，相思情悲满。忆子腹糜烂[2]，肝肠尺寸断。

## 注释

[1] 此首原列第二十二。涕，泪水。[2] 子，你，指情人。

## 评析

诗说想念情人，以至腹中糜烂，肝肠寸断。以肠断喻悲哀，古已有之。郦道元《水经注》曾引民歌"巴东三峡巫峡长，猿鸣三声断人肠"。此诗则选以"尺""寸"二字,语气更显得强烈。

（七）

夜长不得眠[1]，明月何灼灼[2]。想闻散唤声，虚应空中诺[3]。

注释 ————

[1]此首原列第三十七。[2]灼灼，灿灿发光。[3]虚应，白白地回答。诺，应诺。

评析 ————

诗首两句借助"明月"意象，点出使女子"不得眠"的是相思愁绪。一个"何"字，似是惊叹月光之刺眼，亦透露出女子的孤独寂寞况味。恍惚间她耳畔响起心上人的热切呼唤，兴奋得情不自禁地脱口应答。诗抓住女子痴想入迷瞬间的一个幻觉，用"想闻""虚应"二词，将女子的一往深情传写入微。而将她清醒后的无限怅惘之情，留给读者去想象思索。

# (八)

我念欢的的<sup>[1]</sup>，子行由豫情<sup>[2]</sup>。雾露隐芙蓉<sup>[3]</sup>，见莲不分明<sup>[4]</sup>。

## 注释

[1]此首原列第三十九。的的(dì)，鲜明，显著。
[2]由豫，即"犹豫"。[3]隐，隐没、遮蔽。
芙蓉，即莲花。[4]莲，谐"怜"，爱。见莲，
犹"被爱"。

## 评析

诗中这位女子爱得十分执著，坦露心迹，明明白白。其情郎却态度暧昧。"的的"与"由豫"，对比之下，益显得女子意真情炽。男子是腼腆内向，不够大胆，抑或另有所爱，心怀贰意？女子自然不得而知。后二句借用江南湖中景色，表现她"测度入情，似疑似信"（陈祚明《采菽堂古诗选》）的矛盾心态。两句不仅巧用双关谐音喻意，且所用之景象优美，富于朦胧画意。

## （九）

侬作北辰星[1]，千年无转移。欢行白日心，朝东暮还西。

**注释**

[1] 此首原列第四十。侬，犹"我"，古吴语。北辰星，即北极星。

**评析**

以事物不同特征喻指对爱情的不同态度，是古民歌常用之手法。此诗亦然。北极星高悬苍穹，群星拱之，在人们眼中似乎永恒不动，女子用以比喻对爱情忠贞不贰。太阳东升西降，朝暮之间，行色匆匆，岂不就像负心郎的朝三暮四？

子夜四时歌

春歌

（一）

光风流月初[1]，新林锦花舒。情人戏春月，窈窕曳罗裾[2]。

## 注释

[1] 此首原列《春歌》第二。光风，月光下的和风。[2] 窈窕，美好的样子。曳，拉，这里有"撩起"之意。

## 评析

南朝江南，歌舞盛行，"桃花渌水之间，秋月春风之下"，"歌谣舞蹈，触处成群"（《南史·循吏传》）。这首诗正是描绘这一情景。首两句是写景。春风、明月、新林、繁花、情人，这是人世间最美好的组合。"流"者，月儿在缓缓升起；"舒"者，锦花在轻轻吐蕊。动景和静景互为交织，充满生命的张力。后两句写人。如此春夜，正是情人们相聚的好时光。一个"戏"字，是情人间独有的愉悦；而"曳罗裾"，这一象征着舞蹈的动作细节，更暗示着月下的这场约会已达到欢乐的高潮。

## (二)

春林花多媚[1]，春鸟意多哀。春风复多情，吹我罗裳开[2]。

## 注释

[1] 此首原列《春歌》第十。[2] 罗裳，丝绸制的裙子。开，指下裙被风吹拂掀起。

## 评析

这是一首妙龄少女的"怀春曲"。春花自然是美丽的，春花"多媚"，显然又象征着少女的青春成熟。春鸟鸣啭，当悦耳动听，若非少女自己心绪烦闷，又怎会觉其"意多哀"呢? 更富情趣的是三、四两句，自然界无情的春风，在少女眼中已是"复多情"，它掀拂少女衣裙一角，已变成有意识地在向少女求爱。全诗紧扣一"春"字，春花、春鸟、春风，多情的春天，以及多情的少女。

# 夏歌

## （一）

田蚕事已毕[1]，思妇犹苦身。当暑理絺服[2]，持寄与行人[3]。

### 注释

[1] 此首原列《夏歌》第七。田蚕，指耕作与养蚕。事已毕，活已干完了。[2] 絺（chī）服，泛指衣服。絺，细葛布。[3] 行人，指出远门的丈夫。

### 评析

这首夏歌描写一个农妇之"苦"。农村妇女一般从事蚕桑，而她却耕田与桑蚕一人承担，岂不是"苦"？田桑事毕，立即冒着酷暑赶制衣服，用来寄给远行在外的丈夫，岂不又是"苦"？后两句继续写其"苦"，同时亦回答了首句中隐伏的一个悬念，即她之所以"田蚕"兼劳的原因。诗用一个"苦"字贯串全篇，仿佛只是平淡叙事，而实深蕴悲痛之情。吴声歌曲大都反映城市居民的生活，如此篇以农村妇女为题材者，实属凤毛麟角，值得重视。

# （二）

青荷盖渌水<sup>[1]</sup>，芙蓉葩红鲜<sup>[2]</sup>。郎见欲采我，我心欲怀莲<sup>[3]</sup>。

## 注释

[1] 此首原列《夏歌》第十四。渌水，清澈之水。[2] 芙蓉，荷（莲）花的别名。葩，花。[3] 莲，谐音"怜"，爱。

## 评析

这首夏歌用拟人化的手法诉说情意。芙蓉是江南水乡常见之花，但直接正面描绘，在吴歌中唯有此诗前两句。首句写荷叶，"盖渌水"，挺拔繁密；次句写荷花，"葩红鲜"，鲜艳欲滴。虽仅两句，却概括出芙蓉的特点风貌，形象极为鲜明。后两句即借芙蓉口吻戏谑情郎：郎欲"采我"，而我心中也正蕴着爱意。以花拟人，袒露情怀，乐府诗的好，就好在这样的天真。

## 秋歌

### （一）

白露朝夕生，秋风凄长夜。忆郎须寒服，乘月捣白素[1]。

### 注释

[１] 此首原列《秋歌》第十六。乘月，趁着月夜。捣素，素为本色的生丝织品，质地较硬，制衣前须捣之使变软。明代杨慎《丹铅总录》曰："古人捣衣，两女子对立执一杵，如舂米然。尝见六朝人画捣衣图，其制如此。"

### 评析

这首思妇之词，首两句互文，"朝夕生"，见得秋风之日紧，寒露之日多；长夜孤居、转侧难眠之际，对此尤为敏感。后两句却未承此申述相思之情，而写她念及郎君缺衣御寒，赶紧去捣素制衣。"乘月捣寒素"，是中国古典诗词中最为深邃忧伤的画面之一。此境在文人诗中常被袭用，以至"捣素（衣）"一词，成为古诗歌中一个常见的意象。

（二）

秋风入窗里，罗帐起飘扬。仰头看明月，寄情千里光[1]。

## 注释

[1] 此首原列《秋歌》第十七。千里光，指月光。谢希逸《月赋》："美人迈兮音尘阙，隔千里兮共明月。"

## 评析

这首秋歌亦写思妇怀人之情。选择秋风入窗、罗帐轻扬和仰头望月三个典型景象，以景寓情，衬托出女主人公长夜无眠的相思愁绪。"仰头看明月，寄情千里光"两句，钟惺评曰："'落月满屋梁，犹疑照颜色'（杜甫《梦李白》），'举头看明月，低头思故乡'（李白《静夜思》），皆从此脱出，要不如'寄情千里光'尤为深婉。"（《名媛诗归》）

# 冬歌

渊冰厚三尺[1]，素雪覆千里[2]。我心如松柏，君情复何似[3]？

## 注释

[1] 此首原列《冬歌》第一。渊冰，深渊之冰。
[2] 素雪，白雪。[3] 君，指恋人。

## 评析

孔子说："岁寒，然后知松柏之后凋也。"（《论语·子罕》）此诗正于此立意。深潭之冰"厚三尺"，皑皑白雪"覆千里"，就江南气候而言，明显是夸张之笔，然非如此就不能突出松柏傲然于冰雪的禀性，亦即女主人公对爱情之坚贞。但诗意绝不仅止于赞美女主人公，"君情复何似"，才是诗的点睛之笔。她说，我的心像松柏一样，你的呢？她盼着情郎也同她一样忠贞。从《春歌》里春风的温柔多情，到此，冬雪降临，爱情的考验也来了。

# 大子夜歌

歌谣数百种，《子夜》最可怜[1]。慷慨吐清音[2]，明转出天然[3]。

题解 ——————— 《大子夜歌》，是《子夜歌》的变曲。《乐府诗集》收入清商曲辞吴声歌曲。内容是赞美《子夜歌》声调之美妙动听，与《子夜歌》本身之率皆纯粹抒情不同。

## 注释

[1] 怜，爱。[2] 清音，指歌声。[3] 明转，指歌声明快婉转。

## 评析

作为《子夜歌》的变曲，《大子夜歌》的作用似乎是《子夜歌》的"送声"，即一曲《子夜》终了，唱《大子夜歌》赞之。此首直赞《子夜歌》风格之美。"最可怜"，突出它受人欢迎，在"数百种"歌谣中地位之最重要。原因何在呢？就因为其具有"慷慨""天然"的特色。"慷慨"本是建安诗风的特点，移之誉民歌，是取其直抒胸臆，流露真情，故谓之"吐清音"。"天然"，即"自然"，乃民歌之本色所在。金元好问赞《敕勒歌》云："慷慨歌谣绝不传，穹庐一曲本天然。"亦拈出"慷慨""天然"四字，很可能即受此诗之影响。

## 前溪歌

忧思出门倚，逢郎前溪度。莫作流水心，引新都舍故 [1]。

题解 ———————

《前溪歌》，本晋车骑将军沈充所创制，原辞已佚，唯存残句。《乐府诗集》收入清商曲辞吴声歌曲。共七首，题曰无名氏作。然乐史《太平寰宇记》曰："乐府有《前溪歌》，则充之所制，其词云：'当曙与未曙，百鸟啼匆匆。'后宋少帝（刘义符）续为七曲，其一曲云：'忧思出门户，逢即前溪度。莫作流水心，引新都舍故。'"则似当为宋少帝续作。姑以存疑。前溪，河水名，在武康县（今并入浙江德清县）境，晋沈充家即在此溪附近。

[1] 舍,弃。

女子倚门遥见情郎经过,却不来看望自己,怎教她不满怀忧思呢?后两句写她面对前溪,触景生情,盼望情郎不要像流水那样"引新舍故"。吴声西曲往往以"眼前景""寻常事"作兴喻表情达意,故尤显得亲切自然。《估客乐》"莫作瓶落井,一去无消息",与此诗一样,都具有形象鲜明、贴切自然的特点。

# 团扇歌

## （一）

青青林中竹，可作白团扇。动摇郎玉手<sup>[1]</sup>，因风托方便<sup>[2]</sup>。

题解 ——————— 《团扇歌》，一名《团扇郎歌》。《乐府诗集》收入清商曲辞吴声歌曲，共八首。此选二首。本篇原列第二。白团扇，六朝士大夫喜欢执用的器物之一，史籍颇多记载。

［1］玉手，形容手白皙如玉。［2］托方便，指托清风寄送思念之情。

白团扇既是六朝人通用之物，故后人所制曲辞，虽为"拟古"，但赠遗对象却不妨因人而异。此诗即景生情，竹林中青翠的竹子，可砍下制作团扇，为情郎玉手握执摇动，可扇起阵阵清风。女子即由此生发遐想，委托清风将思念之情寄送情郎。构思细巧而情感真挚，后世颇有效之者。如唐李白"我寄愁心与明月，随风直到夜郎西"（《闻王昌龄左迁龙标遥有此寄》），亦是因风托意，机杼类同。

（二）

团扇复团扇，持许自遮面[1]。憔悴无复理，羞与郎相见。

注释 ————————————

［1］此首原列第八。许，语助词，无义。

评析 ————————————

本来是热恋郎君，无时无刻不盼望着与情郎见面；现在却因容颜憔悴而害怕见面，即使相见了亦用团扇遮面。这是女子复杂矛盾的心态。唐元稹《会真记》中崔莺莺诗"为郎憔悴却羞郎"，当受此启发。

(一)

江陵去扬州[1]，三千三百里。已行一千三，所有二千在[2]。

题解 ——————————— 《懊侬歌》，一作《懊恼歌》。古音"侬""恼"相通，故可互换。《乐府诗集》收入清商曲辞吴声歌曲。共十四首。此选两首。本篇原列第四，写坐船旅客的焦急心情。

## 注释

[1] 江陵，地名，今湖北江陵。去，距，离。扬州，指六朝时扬州的治所建业（今江苏南京），是当时政治、经济的重镇。[2] 有，尚余。一说，即"所在有二千"。在，剩、余。

## 评析

这首歌辞既非抒情，又无描绘，全篇似乎只是屈指计算行程，"一千三"是小数，"二千"是大数，用大数作剩数看似荒谬，却可见旅客亟盼早日到达目的地的焦虑心情。清王士祯《分甘余话》云："乐府'江陵去扬州'一首，愈俚愈妙，然读之未有不失笑者。余因忆再使西蜀时，北归次新都，夜宿，闻诸仆偶语曰：'今日归家，所余道里无几矣，当酌酒相贺也。'一人问所余几何，答曰：'已行四十里，所余不过五千六百九十里耳。'余不觉失笑，而怅然有越乡之悲。此语虽谑，乃得乐府之意。"对于理解这首诗，颇可参考。

（二）

发乱谁料理[1]？托侬言相思[2]。还君华艳去，催送实情来。

## 注释

[1] 此首原列第十二。料理，此犹"梳理"之意。[2] 侬，犹"我"，吴语自称。

## 评析

此诗借助一头乱发，托言心头相思。头发蓬乱，当自料理，却反问"谁料理"？可见女主人公为情思所困，无心梳妆打扮。明明是自己害相思，反说是头发"托侬（我）"来诉说。后两句即是"托言"之内容。那男子大约平时花言巧语，诸多许诺；金钗玉簪，颇为慷慨。而这一切伴随的如果是于情不专又有何用呢？所以头发要"还君华艳去"，盼望的是"实情"，亦即是快来相聚，帮我"料理"一番。

# 华山畿

## （一）

华山畿！君既为侬死[1]，独活为谁施[2]？欢若见怜时，棺木为侬开。

**题解** ————— 《华山畿》是《懊侬歌》的变曲。《乐府诗集》收入清商曲辞吴声歌曲，共二十五首。《古今乐录》曰："（宋）少帝时，南徐一士子，从华山畿往云阳，见客舍有女子，悦之无因，遂感心疾而死。葬时车载从华山度，比至女门，牛不肯前，打拍不动。女妆点沐浴，既而出，歌曰：'华山畿，君既为侬死，独活为谁施？欢若见怜时，棺木为侬开。'棺应声开，女遂入棺。乃合葬，呼为神女冢。"少女所唱即本篇，列二十五篇之首。华山畿，地名。华山，在今江苏句容县北。畿，周围、附近之意。

[1] 侬，犹"我"，古吴语。[2] 独活，一作"独生"。为谁施，为谁打扮美容。

## 评析

这是一首震撼人心的殉情之作。诗歌略去一切情节，只将笔墨集中在面对情郎棺木，女子呼天抢地、誓死呼告上。首句"华山畿"三字，不仅点出地点，更有指山为证以明我心之意。接着四句全是女子殉情一刻的内心剖白，直率急切，不加修饰，犹如火山喷涌，不可遏止，明明白白地表示要不顾一切地殉死的决心。

（二）

啼着曙，泪落枕将浮，身沉被流去<sup>[1]</sup>。

注释 ————————————————————

［1］此首原列第七。被流去，（身子）被泪水
冲走。一说，被指盖在身上的被子。

评析 ————————————————————

《华山畿》诸歌，写爱情痛苦时，往往感情强烈，
设想新奇。此首从"泪"字着墨，笔墨极度夸张，
但因蕴含真情，故并不使人感到荒谬。以流水
喻绵绵愁绪，在后世文人诗中时常可见，如南
唐李煜"问君能有几多愁，恰似一江春水向东
流"（《虞美人》）。

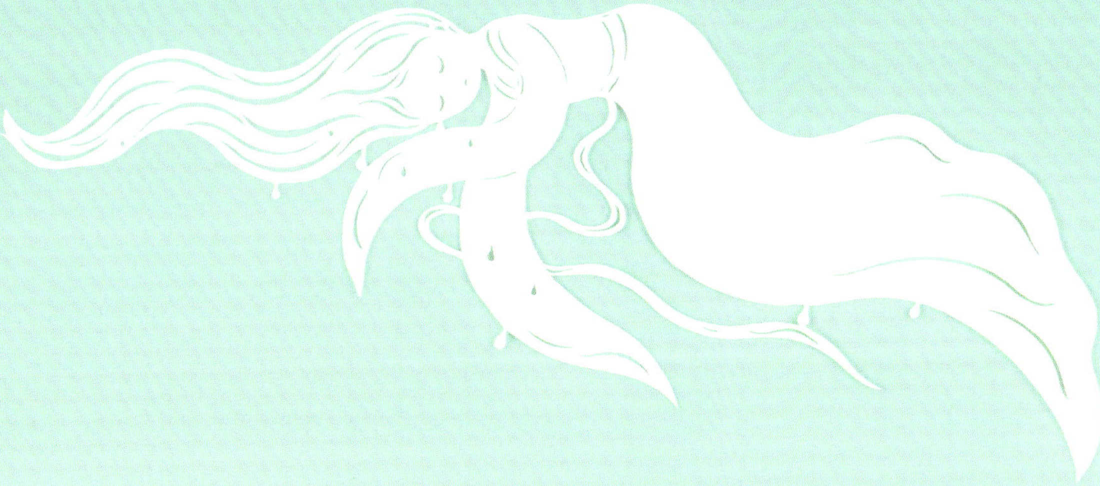

# 读曲歌

## (一)

打杀长鸣鸡[1]，弹去乌臼鸟[2]。愿得连冥不复曙[3]，一年都一晓[4]。

题解 ———————— 《读曲歌》,《乐府诗集》收入清商曲辞吴声歌曲，共八十九首。
数量在吴声西曲诸曲调中首屈一指。其内容、情调与《子夜歌》
颇相近。兹选四首。

## 注释

[1] 本篇原列第十五。长鸣鸡，啼声悠长嘹亮之鸡。据《西京杂记》载，古时至有以之作为贡品而奉献朝廷者。[2] 弹，射发弹丸。乌臼鸟，一名黎雀，北方又称为鸦舅，形似乌鸦而略小。亦是一种报晓禽鸟。[3] 冥，暗，黑。连冥，犹言"长夜"。[4] 都，犹言"凡"，有"总"之意。这句说一年仅天亮一次。

## 评析

"欢娱嫌夜短"，对热恋中的情人来说，报晓之鸡，啼晨之鸟，自然皆成可厌之物。这种情绪，在古乐府中时有表现。如《乌夜啼》："可怜乌臼鸟，强言知天曙。无故三更啼，欢子冒暗去。"写得极为直接，但仅止于怨怪啼鸟惊破长夜之意。而本篇构思则将此情发掘得更有深意。她要杀鸡弹雀，不仅因它们惊破静谧，更主要是她从公鸡报晓、黎雀啼晨，联想起黎明是由它们唤来，只要鸡、鸟不啼不鸣，熹微晨光岂非就不会降临？她和心上人岂非就可以长时间欢爱？真是俚句拙语，想极荒唐！这种天真近乎痴傻的浪漫情调，正是吴声西曲情真意真的特色所在。

（二）

逋发不可料<sup>[1]</sup>，憔悴为谁睹<sup>[2]</sup>？欲知相忆时，但看裙带缓几许<sup>[3]</sup>。

注释

[1] 此首原列第二十一。逋（bū）发，蓬发。料，梳理。[2] 这句是说，容颜憔悴又有谁见到呢？[3] 缓，松，松开。几许，多少。

评析

此诗为一女子诉说其相思之苦。前两句说，蓬乱的头发，已不可梳理，面容憔悴又有谁见到呢？语意俱平平而已。妙在后两句，不直说因相思而日益消瘦，而是用调侃戏谑的口气，要情郎验看其裙带是否宽松。设辞新颖，情趣活泼，一娇憨少女对心上人的一往情深亦于此可见。唐武则天"不信比来长下泪，开箱验取石榴裙"（《如意娘》），宋柳永"衣带渐宽终不悔，为伊消得人憔悴"（《蝶恋花》），显然均受此启发。

(三)

怜欢敢唤名[1]？念欢不呼字[2]。连唤欢复欢，两誓不相弃。

## 注释

[1] 此首原列第二十八。怜，爱。欢，古吴语对情郎的昵称。已见前注。敢唤名，哪敢唤其名。敢，岂敢之意。[2] 念，想念。字，古人有名有字，"字"是根据人名中的字义，另取的别名。

## 评析

诗写一个热恋中的女子对情郎强烈的爱。她爱到不舍直呼他的名字，只是一个劲儿地叫"欢"。在连声的呼唤中，爱的誓言随之喊出。这是爱情中最激荡缠绵的那一瞬。

（四）

一夕就郎宿<sup>[1]</sup>，通夜语不息<sup>[2]</sup>。黄蘗万里路<sup>[3]</sup>，道苦真无极<sup>[4]</sup>。

**注释** ————————

[1] 此首原列第八十一。就，趋就，靠近。[2] 通夜，整夜。[3] 黄蘗，已见前首注。这句是说长满黄蘗树的道路绵长万里。[4] 道苦，诉苦；谐音双关语：以大道之"道"谐道说之"道"，以苦树之"苦"谐相思之"苦"。无极，无有终止。

这首诗写一个女子与情人久别重聚之夜的情景。前两句是叙事，语意平实，似乎信口而出，但概括力很强。女子不顾羞涩主动地"就郎宿"，一个"就"字，就描绘出她感情之炽烈，心情之迫切，并暗示了她与情人旷别久离。次句"通夜"与"一夕"前后呼应，突出"语不息"的时间之长。久别重聚，良宵千金，可她整夜于喁喁不休，若非平时天涯隔远，鸿雁书断，又

何至于如此呢？后两句紧承"语不息"，但在写法上却故意宕开，先插一景语"黄蘗万里路"，然后借助谐音双关，引出"苦"字，巧妙地将"语不息"的内容加以点破。"道苦"二字，既指黄蘗"苦"道，又暗指女子诉"苦"，把女子整夜不休地向情人诉说的乃是郁结心头之"苦"，明确又含蓄、直率又委婉地托出。

# 白石郎曲

积石如玉[1]，列松如翠[2]。郎艳独绝，世无其二。

题解 ——————

本篇为《神弦歌》第五曲。《乐府诗集》收入清商曲辞。《神弦歌》是吴声歌曲的一个分支，是巫觋祀神的乐曲，共十一题、十八曲。其性质较近于楚辞《九歌》。但《九歌》祭祀的是天地山川的赫赫威灵，《神弦歌》祭祀的则是一些地方性的杂神，故部分歌辞颇有意趣，且杂有人神恋爱的内容。形式参差，三、四、五、六言都有，不像吴声歌曲大部分是五言四句。本篇原列《神弦歌》第五曲第二首。据第一首"白石郎，临江居，前导江伯后从鱼"，可知此即当是水神。白石，地名，在建业（今江苏南京）附近。

## 注释

[1] 积石，堆砌的石块。[2] 列松，排列成行的松树。

## 评析

朱乾曰："《白石曲》曰：'郎艳独绝，世无其二。'女悦男鬼。"(《乐府正义》) 首两句写白石郎祠庙环境。"积石""列松"，当是记实；"如玉""如翠"，见得祠庙之清幽雅致。联系后两句对白石郎仪表的赞美，石、松二景，又兼有借以兴起水神之"艳"的作用。六朝男子好"熏衣剃面，傅粉施朱"(《颜氏家训》，刻意修饰，习以为常；时俗亦好以"玉人""玉山""玉树"等语誉男性。"一个名士是要他长得像个美貌女子才会被称赞"(王瑶《文人与药》)。此诗赞美男神而用"艳"字，或正缘于此。

开门白水[1]，侧近桥梁。小姑所居，独处无郎。

题解 ———————— 本篇为《神弦歌》第六曲。青溪小姑在六朝极有名，为其时蒋侯神之三妹。据《搜神记》，蒋侯字子文，汉末为秣陵尉，逐贼至钟山下，伤额而死。孙吴时显神，孙权乃"封为中都侯，为立庙堂"。小姑因亦被祀为神。青溪，水名。《舆地志》云："青溪发源钟山，入于淮（秦淮），连绵十余里。溪口有埭，埭侧有神祠曰青溪姑。"（《六朝事迹类编》引）

## 注释

[1] 白水，即是青溪。

## 评析

朱乾云：“《青溪曲》曰：‘小姑所居，独处无郎。’男悦女鬼。”首两句亦是写祠庙环境。与《白石郎》不同的是，一在山上，故陪衬以“石”、以“松”；一在水乡，故以一溪清水、一座小桥为景。小桥流水，当有人家，而在桥侧祠庙中的小姑，却孤零零地“独处无郎”。作者没有直接表露心曲，但细细体味这两句，不就像一个男子在委婉地挑逗求爱吗？六朝小说《续齐谐记》中有一首青溪小姑的歌：“日暮风吹，叶落依枝。丹心寸意，愁君未知。”与此曲正巧相配，类同唱和。

## 莫愁乐

闻欢下扬州[1]，相送楚山头[2]。探手抱腰看[3]，江水断不流。

## 注释

[1] 下扬州，去扬州。当时扬州，指南朝京城建业（今江苏南京市），商业极其繁荣，商人沽客凭藉长江水利往来其间。[2] 楚山，泛指楚地之山。《莫愁乐》产生的竟陵（今属湖北），正属古楚地。[3] 探手，犹言"伸手"。

## 评析

"闻欢""相送"的句式结构，为西曲中常见；但相送于"楚山头"，却非泛泛而言，实已为末句隐作铺垫。第三句写欲别还难的场面。分手之际，女子突然伸手将情郎抱住，这一举动急切、娇憨，使人想象到难分难舍的情景。末句尤妙，突然宕开一笔，转而写景。从山头高处远望，波涛似乎消失，水面平静如镜，不就像凝固了似的吗？这一景象，在盼求情人切莫离去的女子眼中，更似幻似真。读之，恍如见女子遥指江面、娓娓劝说："看！江水也已断流，你为何还要离去呢？"

## 襄阳乐

烂漫女萝草<sup>[1]</sup>，结曲绕长松<sup>[2]</sup>。三春虽同色<sup>[3]</sup>，岁寒非处侬<sup>[4]</sup>。

题解 ———————— 《襄阳乐》，本襄阳（今属湖北）民众歌咏刘道声政化的民谣。据《宋书·刘道声传》，刘为襄阳太守，有政绩，"百姓乐业，民户丰赡，由此有《襄阳乐》歌"。随后王诞镇襄阳，将其改制为乐曲。《乐府诗集》收入清商曲辞西曲歌，共九首。但恐已非初创时原词。本篇原列第五。

[1] 烂漫，形容女萝枝茂叶盛；暗喻少女青春貌美，天真活泼。女萝，一种地衣类植物，经常攀附于松间，故又名松萝。[2] 结曲，蔓延弯曲。[3] 三春,犹言"春天"。因春有三个月，故称。[4] 侬，犹"我"，古吴语自称。

女萝附松的现象，早就为古人觉察，《诗经·小雅》中就有"茑与女萝，施于松柏"之句。此诗正是以此喻女子对情人的依恋。三、四两句笔锋一转，变为女萝口吻。女萝与松毕竟不是二位一体，在三春艳阳天，它们都是一片青翠，而一旦严冬来临，松树依然青青如故，而女萝就要枯萎凋零，这同女子以色事人，色衰爱弛，不是正极为相似吗？诗通篇用比兴手法，含蓄蕴藉、朴实无华。写出女子对依附男子而又好景不长的畏惧心理。

## 三洲歌

送欢板桥湾[1]，相待三山头[2]。遥见千幅帆，知是逐风流。风流不暂停，三山隐行舟[3]。愿作比目鱼[4]，随欢千里游。

### 题解

《三洲歌》，是商贾之歌。《古今乐录》谓"商客数游巴陵三江口往还，因共作此歌"（《乐府诗集》引）。《乐府诗集》收入清商曲辞西曲歌。

### 注释

[1] 板桥，地名。《景定建康志》："板桥在城南三十里。"[2] 三山，山名。在今南京市西南，有三座山峰，故名。一说，板桥、三山均泛指。[3] 隐，遮蔽。[4] 比目鱼，动物学上"蝶形目"鱼类的总称，古人常用以比作恩爱情侣。

# 评析

女子送别情人这类题材，在汉魏诗歌中似乎未曾有过，至六朝吴声西曲始大量涌现，从一个侧面反映其时社会思想之解放，但同这些女子的身份似亦有关。如这两首《三洲歌》，即模拟商妇之口吻，因而格外直率坦露。第一首写在板桥湾送别，在三山头目送，这种忽东忽西的写法，是民歌中常用之手法，不必拘泥其地之真实所在。诗妙在后两句的双关隐语。"千幅帆"，极言江中船只之多；"逐风流"，明说是船儿追风逐流，其实暗含了寻欢作乐、追求"风流乐事"之意，这真让她忧心难抑了。

第二首继续承此意而加以发挥。船儿渐行渐远渐渐隐没，"不暂停""隐行舟"，既写船只行驰之快，更暗示女子伫立山头目送时间之久。比目鱼的比喻，不仅新颖，同眼前江水滔滔的实景相互映衬，愈显得贴切自然。诗用"风流"两字顶真联缀，浑然一体，既可作二诗分读，亦可作一首合看。

# 采桑度

## （一）

蚕生春三月，春桑正含绿。女儿采春桑，歌吹当春曲[1]。

题解 ——————————— 《采桑度》，是《三洲曲》的变曲。属西曲歌，共七首。内容都
与采桑有关。《乐府诗集》收入清商曲。兹选二首。

## 注释

［1］本篇原列第二。歌吹，歌唱和吹奏。

## 评析

阳春三月，天朗气清，少女们忙着采春桑，在劳动中唱着春曲。全诗四句，句句都嵌有一个"春"字，很好地烘托了春天的气氛。色调上又以春的主色调绿色为主，使人联想及一派生机盎然的春的自然景色。末句中的"春曲"，既可泛指少女的歌声，又隐含了少女对爱情的憧憬。这首诗的调子是健康明朗的。

（二）

采桑盛阳月<sup>[1]</sup>，绿叶何翩翩。攀条上树表<sup>[2]</sup>，牵坏紫罗裙。

## 注释

[1] 此首原列第六。盛阳月，犹言"艳阳天"。

[2] 树表，树梢、树的高处。

## 评析

前首描写总的场景，此首具体描述采桑。首两句与前首写法虽相同，不过，"盛阳月"较之"春三月"，"何翩翩"较之"正含绿"，形象更为鲜明，且暗示了时间的推移和场景的变化。后两句描写了一个细节：少女攀上树去，结果让树枝勾破了罗裙。生活气息浓厚。

## 那呵滩

闻欢下扬州，相送江津弯[1]。愿得篙橹折[2]，交郎到头还[3]。

题解 ———————————— 《古今乐录》谓此曲"多叙江陵及扬州事。那呵，滩名也"。《乐府诗集》收入清商曲辞西曲歌，共六首。从现存歌辞看，主要写长江水域商贾船夫的恋爱生活。那呵，与"奈何"声同。滩名"奈何"，大约因多悲离伤别之故。兹选一首。

256

## 注释

[1] 本篇原列第四。津，地名，在今湖北江陵附近。一说，江津弯即那呵滩。弯，水湾，泊船之所。[2] 篙，撑船用的长竹竿。橹，船尾的桨。[3] 交（jiāo），教。到头还，掉转船头回来。到，通"倒"。

## 评析

《那呵滩》六首，似是一组男女对唱的组歌，内容互有联系，写情人相别无奈之情。前三首写男子将出行时，情人间的叮嘱、承诺。此首为组歌之高潮所在。男子登船离湾，女子匆匆赶去相送。一个"闻"字，可见他们并非夫妇，而是情侣。"江津弯"似随手拈出，实为点明男子是乘船而行，从而引出"愿得篙橹折"这一奇"愿"。送别之际，或祝行人一路平安，或盼情郎早日归来，此则愿篙折橹断，颇同诅咒，不合情理，只有炙爱中的人才能生出这样非理性的情感来。

# 拔蒲

## （一）

青蒲衔紫茸[1]，长叶复从风。与君同舟去，拔蒲五湖中[2]。

### 题解

《拔蒲》,《古今乐录》谓是"倚歌"，即是一种不伴舞蹈，"悉用铃鼓，无弦有吹"的歌曲。《乐府诗集》收入清商曲辞西曲歌。共二首。写女子与情郎同去拔蒲时的欢乐心情。蒲，一名香蒲，水生植物，可制作蒲席，嫩者可食。

### 注释

[1] 紫茸,形容蒲草尖端长着紫色的绒毛。[2] 五湖，古代吴越地区的湖泊。其说不一，通常指太湖，或者太湖及其附近湖泊。此处当为泛指。

（二）

朝发桂兰渚[1]，昼息桑榆下。与君同拔蒲，竟日不成把[2]。

注释 ———————— ［1］桂兰渚，长着桂木兰草的水中小洲。不成把，指不满手一握。

［2］竟日，终日，整天。

拔蒲，是江南水乡的一种普通农活，但如果与情人一起去拔蒲，境况就不同一般。第一首写出发，以景物衬托心情，妙在前二句。青青的香蒲衔着紫色的绒茸，长长的蒲叶随风摆动，平时常景，此时在女子眼中何以变得如此美好呢？原来是"与君同舟去"。这是她充满欢乐的个中原因，故而连司空见惯的蒲草也显得格外可爱诱人，此即所谓"以我观物，物皆着我之色彩"（王国维《人间词话》）。

第二首写收获，以劳动表现恋情，妙在后二句。开始二句承前首末句，"朝发""昼息"，补充概述一日之行程。后二句写一天劳动的收获。"竟日"，强调时间之长。整整一天，以两人之力"同拔蒲"，而竟然"不成把"，只是借拔蒲之机谈情说爱罢了，哪里有心思干活呢？谈过恋爱的人，读到这一句，大概都会会心一笑吧。

春蚕不应老，昼夜常怀丝[1]。何惜微躯尽[2]，缠绵自有时[3]。

作蚕丝

题解 ———————— 《作蚕丝》,《乐府诗集》收入清商曲辞西曲歌，共四首。都是借养蚕寄托情爱之歌。本篇原列第二。

## 注释

[1] 丝，谐音"思"。怀丝，怀有相思之情。[2] 微躯尽，指春蚕死去。蚕在丝茧结成后还会化成蛹和蛾，但古人习惯视蚕丝吐尽之日，即蚕生命终结之时。[3] 缠绵，双关语。以蚕丝之缠绵，暗谐情思之缠绵。

## 评析

以"丝"谐音"思"，汉魏乐府中早有先例。如《离歌》之"裂之有余丝，吐之无还期"。朱嘉徵谓："余丝，隐'余思'，后'石阙''莲子'诸语本此。"（《乐府广序》）可见渊源之古。但直接将"蚕"与"丝"两个意象联缀并用，却首见于此诗。诗情感炽烈而表达细腻。唐李商隐名句"春蚕至死丝方尽"，即脱胎于此。

芙蓉作船丝作綍，北斗横天月将落。采桑渡头碍黄河[2]，郎今欲渡畏风波。

乌
栖
曲

萧
纲

**题解** —————— 《乌栖曲》,《乐府诗集》收入清商曲辞西曲歌，共四首。是梁简
文帝萧纲自制的新曲，其形式皆为七言四句。兹选一首。

## 注释

[1] 本篇原列第一。芙蓉，莲花的别称。紼（zuó），即"笮"，牵引船的绳索。汉《饶歌·上陵》："桂树为君船，青丝为君笮"。[2] 采桑渡，即采桑津。据《水经注》，黄河过屈县西南为采桑津。碍，阻碍。

## 评析

此诗仅四句，结构却回环曲折。芙蓉小船，斗横月落，黄河古渡，作者究竟要说什么呢？直至末句才使人恍然而悟，原来是一女子在企盼情人到来，而情人却爽约未至。"郎今欲渡畏风波"，她不仅不怨责之，反为之辩解开脱。真是一个痴女子！李白《横江词》云："郎今欲渡缘何事，如此风波不可行。"全出于此。

# 琴曲歌辞

以琴演奏歌曲的歌辞。琴曲起源较早，但现存歌辞，大抵是南朝、唐代文人作品。

# 秋思引

汤惠休

秋寒依依风过河[1]，白露萧萧洞庭波[2]。思君末光光已灭[3]，眇眇悲望如思何[4]。

**题解** ———— 汤惠休，南朝宋人。早年为僧，人称"惠休上人"。后孝武帝命其还俗，官至扬州从事史。本篇最早见录于《艺文类聚》。《乐府诗集》收李白《秋思》入琴曲歌辞，则此题当属琴曲。写一女子"悲望"秋景，勾引起对情人的无限思念。秋思，泛指秋日寂寞凄凉的愁思。引，乐府诗常用曲目名。

## 注释

[1]依依，轻柔披拂的样子。[2]萧萧，形容白露零落。洞庭波，洞庭湖涌起波涛。波，波动。[3]末光，落日余晖。这句意为女子在夕阳里临湖远望，直至日落天黑。[4]眇眇，眯眼远望的样子。如思何，犹"奈思何"，即无法遣散愁思。

## 评析

湖面浩瀚，波涛涌起，"悲望"之际，令人产生天涯隔远之悲叹。"秋寒依依""白露萧萧"，凄清的秋景，更在离人心头增添一层压抑。诗首两句写思妇眼中所见，以秋景暗暗托出秋思。类此境界，似曾相识。《诗经·蒹葭》："蒹葭苍苍，白露为霜。所谓伊人，在水一方。"《楚辞·湘夫人》："帝子降兮北诸，目眇眇兮愁予。袅袅兮秋风，洞庭波兮木叶下。"作者显然由此得到启发，熔铸新辞。诗后两句承前而点出秋思的具体内容。"末光光已灭"，写出女子伫立湖畔之久，同时语含双关。以"末光"喻来自男方的爱宠古已有之，陆机《乐府》："愿君广末光，照妾薄暮年。"这里更以"光已灭"喻男子的薄幸。"梁以前七言绝体，仅此一篇"（《诗薮·内编》），此诗表现手法和艺术形式均已开唐人七绝之先河。

# 胡笳曲

江洪

(一)

藏器欲邀时[1]，年来不相让[2]。红颜征戍儿[3]，白首边城将[4]。

题解 ———— 江洪，南北朝时期诗人，梁朝天监末年曾任建阳令。作品虽不多，但高远出众。钟嵘在《诗品》中评价他说："洪虽无多，亦能自迥出。"《胡笳曲》，《乐府诗集》收入琴曲歌辞。现存最早之作为南朝宋吴迈远作。江洪作共二首，写一边地老将的悲慨失落之情。胡笳，古代西北民族的一种乐器，其形似笛。

## 注释

[1] 藏器，语本《周易·系辞下》："君子藏器于身，待时而动。"器，本指才德，这里指老将胸怀武艺韬略。邀时，希遇风云际会。原作"逢时"，据《文苑英华》《艺文类聚》改。[2] 即岁月不饶人之意。[3] 红颜，指少年时代。[4] 两句说，少年时代已从军征戍，至今白发苍苍，犹只是一个普通的边将。

## 评析

此首总述老将一生不遇。其武功韬略，卓荦不凡，而又有企求建功立业的雄心，自然应有所建树。然而，岁月悠悠，冉冉老去，却始终未能一展怀抱。后两句"红颜""白首"的对照，反差强烈，上一刻镜头中还是少年子弟，下一刻镜头转换，已是白发老将，倏忽之间，一生便过去了。

（二）

落日惨无光，临河独饮马[1]。瑟飒夕风高[2]，联翩飞雁下[3]。

注释 ——

[1] 饮马，牵马饮水。[2] 瑟飒，象声词，形容风声。"飒"原作"咫"，据《文苑英华》《艺文类聚》改。夕风，晚风。[3] 联翩，同"连翩"，形容雁飞时前后相连的样子。

评析 ——

此首截取老将边塞生活中的一个场景。饮马长河，在军旅生活中恐怕司空见惯，并不会引起多少注意。但诗却巧妙地以夕阳西下、秋晚风急、群雁低飞的典型环境衬托之，顿时呈现出强烈的萧索凄凉意味。两诗一为叙述，一为描绘。前首概括简略，此首具体形象，互为补充。

# 杂曲歌辞

　　这类歌辞，在唐宋时代曲调归属情况已不清楚，有的可能只是文人案头之作，没有配乐，因其数量甚多，内容复杂，故总称为杂曲歌辞。其风格多数与相和歌辞相近。现存汉杂曲歌辞，大都为东汉作品。

蛱蝶行

蛱蝶之遨游东园[1]，奈何卒逢三月养子燕[2]，接我苜蓿间[3]。持之我入紫深宫中[4]，行缠之[5]，傅榰枦间[6]。雀来燕[7]，燕子见衔哺来[8]，摇头鼓翼，何轩奴轩[9]。

题解 ———— 本篇为汉乐府古辞。《乐府诗集》收入杂曲歌辞。可能由于传写时"声辞相杂"，此诗句读历来分歧较大，少数句子颇难理解。但其大意还很清楚，写一只翩翩飞翔的蝴蝶，被母燕擒去哺雏，是一首颇有趣味的寓言诗。

## 注释

[1] 蛱蝶，即蝴蝶。[2] 卒，同"猝"；突然。养子燕，正在哺雏的燕子。[3] 接，此为擒捉之意。苜蓿（mù xū），多年生草本植物，紫茎。[4] 持，挟持。紫深宫，昏暗之屋。这是从蝴蝶的眼中看出而言。一说，"紫宫"，指帝王居处。"深"，形容宫殿宽广。[5] 缠，缠绕、围绕。[6] 傅，通"附"，附着。欂栌（bó lú），即斗拱，古代房屋柱上方木，用以支承屋梁，燕子常在其上筑窝。[7] 雀来，形容燕子欢欣的样子。犹"雀立""雀跃"之意。来，语助词。[8] 燕子，燕之子，指雏燕。[9] 何轩奴轩，形容雏燕昂首耸身接食的样子。奴，表声字，无义。黄节说："于是燕子见母衔蝶来哺，则摇头鼓翼而争食之也。"（《汉魏乐府风笺》）

## 评析

此诗构思奇特，想象丰富。从蛱蝶眼中看燕子的行动，用蛱蝶口吻叙说经过，写得极为生动有趣。尤其是一些动词的使用，如"遨游"，状蛱蝶之得意；"卒逢"写事变之突然；"接""持""缠"，叙母燕之凶狠；"摇头鼓翼"，写乳燕之欢欣……无不准确传神，显示出语言的锤炼之功。但诗的寓意却颇难猜测。朱嘉徵说是"达人不婴世机也，物出于机，复入于机，诗以悲之"（《乐府广序》）。此外或以为寓有当居安思危之意，"祸机之伏，从未有不从安乐得之"（朱乾《乐府正义》）；或认为"活画出生存竞争中弱肉强食之景象"（郑文《汉诗选笺》）。

**悲歌行**

悲歌可以当泣[1]，远望可以当归。思念故乡，郁郁累累[2]。欲归家无人，欲渡河无船。心思不能言，肠中车轮转[3]。

## 注释

[1] 当，充当、替代。此句犹"长歌当哭"之意。[2] 郁郁，忧愁的样子。累累，通"垒垒"，形容忧思之重。[3] 车轮转，像车轮似的转动。

## 评析

诗贵含蓄，抒情婉转曲折，往往能产生较强的艺术感染力。但有时直言明说，也同样能撼动人心。本篇即是一例。诗落笔便用"悲歌"两字突出情绪的强烈；"远望"两字点明"悲"的内容是思乡。沈德潜评之说："起最矫健，李太白时或有之。"（《古诗源》）接着六句，仍是句句直言明说。"思念"两句，直说乡思之重；"欲归"两句，直说不能归家之原因；"心思"两句，直说心中悲伤之程度。全诗没有丝毫景物描写或点染烘托，但却"情意曲尽，旅客至情不能言，乃真愁也"（陈祚明《采菽堂古诗选》）。

## 枯鱼过河泣

枯鱼过河泣，何时悔复及[1]！作书与鲂鱮[2]，相教慎出入。

题解 ———— 本篇为汉乐府古辞。《乐府诗集》收入杂曲歌辞。是首设喻巧妙、取譬奇特的寓言诗。枯鱼，干鱼。

## 注释

[1] 悔复及，追悔不及。[2] 作书，写信。鲂鱮（fáng xǔ），皆鱼名。鲂同鳊鱼相似，银灰色，腹部微隆起；鱮即鲢鱼。[3] 相教，告知，告诫。

## 评析

首句"枯鱼过河泣"，既是"枯鱼"，又何能"泣"？然非"枯鱼"，又何能知"泣"！这五个字已将一个失悔当初者噬脐莫及的懊丧痛悔，非常形象地表现出来了。次句再正面点明"悔"意：悔不小心，以致为人捕获。后两句以自身遭遇为例，规劝友人千万要慎于出入。张玉谷说："此罹祸者规友之诗。出入不慎，后悔何及，却现枯鱼而为说法。"（《古诗赏析》）诗写得极为沉痛，借"枯鱼"之口，道出人立身行事应谨慎，否则"一失足成千古恨"。

枣下何攒攒[1]，荣华各有时。枣初欲赤时，人从四边来。枣适今日赐[2]，谁当仰视之[3]！

**咄唶歌**

**题解** —————— 本篇见于《乐府诗集》杂曲歌辞梁简文帝《枣下何攒攒》题注，亦属汉代杂曲歌辞。郭茂倩题注并谓其"言荣谢各有时也"，但细辨诗意，似是讥刺世态炎凉之作。咄唶，叹息声。

## 注释

[1] 攒攒，形容人头簇拥的样子。[2] 适，犹"若"，假如，如果。赐，尽。[3] 当，尚，还。

## 评析

世态炎凉，人情如纸，早已尽人皆知，司空惯见。此诗再次点醒。其特点是并不把此意直接指明，而是用人们熟知的枣树为喻：枣实累累之时，人们蜂拥而至，都想分享果实；然而一旦枣尽，则又如何呢？诗末句用反问出之，启人深思。

**古歌**

秋风萧萧愁杀人。出亦愁，入亦愁，座中何人，谁不怀忧[1]？令我白头！胡地多飚风[2]，树木何修修[3]。离家日趋远[4]，衣带日趋缓[5]。心思不能言，肠中车轮转。

题解 ———————— 本篇为汉乐府古辞。《乐府诗集》收入杂曲歌辞。抒写羁旅北方少数民族地区的乡愁。

## 注释

[1]谁，徐仁甫说："'谁'为'何'字之旁注，误入正文。原文本作'座中何人不怀忧'，即座中谁人不怀忧。"[2]胡，古代对北方民族的统称。飚风，暴风。[3]修修，本为鸟尾干枯黏结的样子，这里形容树枝被风吹得散乱干枯。[4]趋，向，趋向。[5]缓，宽，宽松。人变瘦则腰带便觉宽松。

## 评析

古代道路阻隘，交通不便，羁旅他乡，已然堪悲，何况秋风萧萧，更愁思逼人。诗接连用三个"愁"字，真可谓"苍莽而来，飘风急雨不可遏止"（沈德潜《古诗源》）。而举目又皆他乡之客，伤心人对伤心人，难怪他要发出"令我白头"之叹。"胡地"两句，既是眼前实景，又辞兼比兴，以引出离家日远，衣带日缓。两个"趋"字，写出客子渐行渐远渐消瘦，怎教人不随轮转而肠断呢？

## 青青陵上柏

青青陵上柏，磊磊涧中石[1]。人生天地间，忽如远行客[2]。斗酒相娱乐[3]，聊厚不为薄[4]。驱车策驽马[5]，游戏宛与洛[6]。洛中何郁郁[7]，冠带自相索[8]。长衢罗夹巷[9]，王侯多第宅[10]。两宫遥相望[11]，双阙百余尺[12]。极宴娱心意[13]，戚戚何所迫[14]？

**题解** ——— 本篇最早见于《文选·古诗十九首》，《北堂诗钞》引作"古乐府"。汉代古诗、乐府之界限并不截然分明，有些古诗，实际上是乐府诗，因流传中失去音乐标识而被称为古诗。《古诗十九首》中除《冉冉孤生竹》《驱车上东门》两首收入《乐府诗集》外，还有数篇为古文献凿凿言之为乐府者，本篇亦为其中之一。诗写一失意文人在当时首都洛阳的所见所感。陵，高丘。

## 注释

[1] 磊磊，石块堆积的样子。涧，山间溪流。
[2] 忽，迅疾。远行客，出远门的旅客。[3]
斗酒，指少量的酒。斗，酒器。[4] 聊，姑且。
薄，指量少味薄。这两句说，斗酒虽然不多，
但聊以为厚，不以为薄，也足以"相娱乐"了。
[5] 策，马鞭。这里为鞭策之意。驽马，劣马。
[6] 宛，宛县。东汉南阳郡治，当时有南都之
称。洛，东汉首都洛阳。[7] 郁郁，繁盛的样子。
[8] 冠带，指仕宦中人。自相索，互相来往。索，
求访。[9] 长衢，大街。罗，列。夹巷，大道
边的小街巷。[10] 第宅，皇帝赐给大臣的住宅。
[11] 两宫，指汉代洛阳城里的南北两宫。《汉
官典职》："南宫、北宫，相去七里。"遥相望，
遥遥相对。[12] 阙，宫门前望楼，又名"观"。《古
今注》："古每门树立两观于其前，所以标宫门
也。"[13] 宴，乐。[14] 戚戚，忧愁的样子。
《论语·述而》："君子坦荡荡，小人常戚戚。"

## 评析

陵上之柏，涧中之石，皆是恒久长存之物，用
以起兴，且与倏忽人生比较，益反衬出人生之
短促。古人谓："人生于天地之间，寄也。"（《尸
子》）但直接用"远行客"作喻，尚属首例。
作者一介贫士，策驽马而游戏宛洛，正乃是有
鉴于此而以旷达处之。"游戏"一词，语含辛酸，
引出"洛中"一段。"何郁郁"，赞叹京洛繁华；
以下即作具体描写：达官豪贵，来来往往；王
侯邸宅，鳞次栉比；帝王宫阙，巍峨耸立。洛
中景物自然并不仅止于此，作者将笔墨集中于
上层阶级的豪奢，有意略去其余，显然是为了
突出富贵者的穷奢极侈，表示自己的不平之感。
诗最后两句，收束全篇，点出主旨。

**冉冉孤生竹**

冉冉孤生竹，结根泰山阿[1]。与君为新婚，菟丝附女萝[2]。菟丝生有时[3]，夫妇会有宜[4]。千里远结婚，悠悠隔山陂[5]。思君令人老，轩车来何迟[6]！伤彼蕙兰花，含英扬光辉[7]。过时而不采，将随秋草萎[8]。君亮执高节[9]，贱妾亦何为？

**题解** ——————— 本篇最早见于《文选·古诗十九首》，《乐府诗集》收入杂曲歌辞。刘勰《文心雕龙》谓是东汉傅毅所作，但并无确证，后人皆辩其非。关于诗之题旨，历来有两说。明闵齐华认为："此结婚之后，夫有远行，而有是作。"(《文选论证》)而清吴淇则谓是"怨迟婚之作"(《六朝选诗定论》)。今人大都从前说。冉冉，柔弱下垂的样子。孤生竹，孤独生长之竹。一说指野生竹子。

[1] 泰山，即太山。古"太""大"通用，指高大之山。阿，山坳，山弯。[2] 菟丝，一种蔓生植物，需攀附其他植物而生长，夏季开淡红小花。女萝，即松萝，地衣类蔓生植物。[3] 此句说菟丝生长自有一定的时间。生，生长，喻指女子青春成长。[4] 会，相聚。宜，指适当的时间。这两句说夫妻相聚应当及时。言外之意是不要错过青春盛时。[5] 悠悠，遥远的样子。山陂（bēi），犹言"山川"。陂，水泽，此泛指江湖。余冠英说："上句说离家远嫁，结婚不易；下句说婚后不能相聚，又久别远离。"（《乐府诗选》）[6] 轩车，有屏障的车。古代大夫以上官员乘用。按：此女子之夫大约远行求官，故思妇有此联想。[7] 含英，尚未完全盛开的花朵。英，花朵。[8] 萎，凋谢，干枯。[9] 亮，同"谅"，诚。高节，高尚的节操。

汉代思妇诗以新婚远别为题材的，唯有此篇，故历来受人注目。全诗十六句，前八句写新婚远别，是追忆往事。首两句兴而兼比，第四句亦是比喻，皆喻指"与君为新婚"。"结根泰山"固是希冀托身得所；而女萝也属柔弱植物，"附女萝"者，当已隐寓婚后夫君随即远行难以依靠之意。后八句写别后相思。"令人老"，写分别之久、相思之苦。一个"老"字，绘出思妇日渐消瘦衰老、心力交瘁之状。不说"轩车"不来，而说"来何迟"，是她的企盼之意。"伤彼蕙兰"，实乃自伤，花之将随秋草萎谢，正是思妇青春消逝、岁月蹉跎之形象写照。故末两句自慰词，实在是无可奈何的哀叹。诗絮絮道来，委婉动人；反复使用比喻手法，更构成表述上的一大特色。唐杜甫《新婚别》，显然受到此诗的启发。

## 迢迢牵牛星

迢迢牵牛星，皎皎河汉女[1]。纤纤擢素手[2]，札札弄机杼[3]。终日不成章[4]，泣涕零如雨[5]。河汉清且浅，相去复几许[6]？盈盈一水间[7]，脉脉不得语[8]。

题解 ———————— 本篇最早见于《文选·古诗十九首》。《玉烛宝典》引作"古乐府"。牵牛、织女的神话，至东汉末年已基本定型。本篇就是借天上牵牛、织女的隔绝，抒写人间夫妇离居的悲哀。迢迢，遥远的样子。牵牛星，河鼓三星之一，天鹰星座主星，在银河南。

## 注释

[1] 皎皎，明亮的样子。河汉女，指织女星。天琴星座的主星，在银河北。河汉，银河。[2] 纤纤，柔细的样子。擢（zhuó），摆动。素手，洁白的手。[3] 札札，织机声。机杼（zhù），指织机。杼，梭子。[4] 终日，整日。不成章，指织不成布匹。章，织物上的纹理。这里用《诗经·大东》"跂彼织女，终日七襄。虽则七襄，不成报章"语意。[5] 涕，泪。零，落。[6] 去，距离。几许，犹言"几何"，谓距离很近。[7] 盈盈，水清浅的样子。[8] 脉脉，含情对视的样子。

## 评析

此为秋夜即景抒情之作。"写天上无情之星，如人间好合绸缪。语语认真，语语神化"（《汉诗音注》），充满浪漫气息。首两句写碧海夜空，寥阔明净。牵牛、织女之形象，本来就与男耕女织密切相关，接下四句，即紧扣此意，却不在表现她的勤劳能干，而是揭示她内心深沉的痛苦。最后四句点出她痛苦的原因，是因为夫妇不能相聚。清浅的银河当然不能真正将双星隔开，那究竟是什么使他们"脉脉不得语"呢？诗提出问题，却不作回答，结尾悠悠不尽。

上山采蘼芜，下山逢故夫。长跪问故夫[1]："新人复何如[2]？""新人虽言好，未若故人姝[3]。颜色类相似[4]，手爪不相如[5]。""新人从门入[6]，故人从阁去[7]。""新人工织缣[8]，故人工织素[9]。织缣日一匹[10]，织素五丈余。将来比缣素，新人不如故[11]。"

题解 ——————— 本篇初录于《玉台新咏》，题作"古诗"。《太平御览》引作"古乐府"。本篇描写一弃妇与前夫相遇时的情景。蘼芜，又叫江篱，香草名，古代常用以制作香料。

## 注释

[1] 长跪，直腰而跪，古人以此表示敬意。按：此句一作"回首问故夫"。[2] 新人，指故夫新娶之妻。[3] 故人，指弃妇。姝，犹言"好"，貌美。[4] 颜色，指容貌。[5] 手爪，此指女子的手艺。相当于今南方称女子能干为"手脚快""手脚出色"。张琦说："颜色类相似，言其表也；手爪不相如，言其用也。"（《古诗录》）[6] 门，指正门。[7] 阁，边门、小门称阁。[8] 工，擅长。缣，黄绢。[9] 素，白绢。[10] 匹，古量词，一匹当时为四丈。[11] 这句意为缣与素相比，价值为贱，故有下句"新人不如故"。

## 评析

此诗构思很别致，它不像其他弃妇诗那样从正面抒写哀怨，也没有半句话谴责薄情男子，仅仅通过故夫之口将新妇与弃妇加以比较，从而突出弃妇之无辜。然而究竟为何"巧拙既殊，钝捷亦异，而爱憎取舍，一切反之"（张琦《宛邻书屋古诗录》）呢？诗中未曾明言。是故夫喜新厌旧，还是迫于父母压力，或者另有其他原因，教人颇难猜测。诗除了开头三句外，其余全是人物的对白。汉乐府虽不乏熔铸精彩的对白名篇，但如此诗几乎全靠对白来表现人物、揭示主题的，却也并不多见。

孔雀东南飞,五里一徘徊。"十三能织素,十四学裁衣。十五弹箜篌[1],十六诵诗书。十七为君妇,心中常苦悲。君既为府吏,守节情不移[2]。贱妾留空房,相见常日稀[3]。鸡鸣入机织,夜夜不得息。三日断五匹[4],大人故嫌迟[5]。非为织作迟,君家妇难为。妾不堪驱使,徒留无所施[6]。便可白公姥[7],及时相遣归。"

府吏得闻之,堂上启阿母:"儿已薄禄相[8],幸复得此妇。结发同枕席[9],黄泉共为友[10]。共事二三年,始尔未为久[11]。女行无偏斜,何意致不厚[12]?"阿母谓府吏:"何乃太区区[13]!此妇无礼节,举动自专由。吾意久怀忿,汝岂得自由[14]。东家有贤女,自名秦罗敷[15]。可怜体无比[16],阿母为汝求。便可速遣之,遣去慎莫留。"府吏长跪告:"伏惟启阿母[17],今若遣此妇,终老不复取[18]。"阿母得闻之,槌床便大怒[19]:"小子无所畏,何敢助妇语!吾已失恩义,会不相从许[20]!"

府吏默无声,再拜还入户。举言谓新妇[21],哽咽不能语:"我自不驱卿,

焦仲卿妻

逼迫有阿母。卿但暂还家[22]，吾今且报府[23]。不久当归还，还必相迎取。以此下心意[24]，慎勿违吾语。"新妇谓府吏："勿复重纷纭[25]。往昔初阳岁[26]，谢家来贵门[27]。奉事循公姥[28]，进止敢自专？昼夜勤作息，伶俜萦苦辛[29]。谓言无罪过，供养卒大恩。仍更被驱遣，何言复来还？妾有绣腰襦[30]，葳蕤自生光[31]。红罗覆斗帐[32]，四角垂香囊。箱帘六七十[33]，绿碧青丝绳。物物各自异，种种在其中。人贱物亦鄙，不足迎后人[34]。留待作遗施[35]，于今无会因[36]。时时为安慰，久久莫相忘。"

鸡鸣外欲曙，新妇起严妆[37]。著我绣夹裙，事事四五通[38]。足下蹑丝履，头上玳瑁光。腰若流纨素[39]，耳著明月珰[40]。指如削葱根，口如含朱丹[41]。纤纤作细步[42]，精妙世无双。上堂谢阿母，母听去不止[43]。"昔作女儿时，生小出野里。本自无教训，兼愧贵家子。受母钱帛多，不堪母驱使。今日还家去，念母劳家里。"却与小姑别[44]，泪落连珠子。"新妇初来时，小姑始扶床。今日被驱遣，小姑如我长。勤心养公姥，好自

302

相扶将[45]。初七及下九[46]，嬉戏莫相忘。"出门登车去，涕落百余行。

府吏马在前,新妇车在后。隐隐何甸甸[47]，俱会大道口。下马入车中，低头共耳语："誓不相隔卿！且暂还家去，吾今且赴府。不久当还归，誓天不相负！"新妇谓府吏:"感君区区怀[48]。君既若见录[49]，不久望君来。君当作磐石[50]，妾当作蒲苇[51]。蒲苇韧如丝，磐石无转移。我有亲父兄[52]，性行暴如雷。恐不任我意,逆以煎我怀[53]。"举手长劳劳[54]，二情同依依。

入门上家堂，进退无颜仪[55]。阿母大拊掌[56]："不图子自归。十三教汝织，十四能裁衣。十五弹箜篌，十六知礼仪。十七遣汝嫁，谓言无誓违[57]。汝今无罪过，不迎而自归?"兰芝惭阿母:"儿实无罪过。"阿母大悲摧。

还家十余日，县令遣媒来。云有第三郎，窈窕世无双。年始十八九，便言多令才[58]。阿母谓阿女:"汝可去应之。"阿女衔泪答:"兰芝初还时，府吏见丁宁[59]。结誓不别离。今日违情义，恐此事非奇[60]。

303

自可断来信[61]，徐徐更谓之。"阿母白媒人："贫贱有此女，始适还家门[62]。不堪吏人妇，岂合令郎君？幸可广问讯，不得便相许。"

媒人去数日，寻遣丞请还[63]。说有兰家女，承籍有宦官[64]。云有第五郎，娇逸未有婚。遣丞为媒人，主簿通语言[65]。直说太守家，有此令郎君。既欲结大义，故遣来贵门[66]。阿母谢媒人："女子先有誓，老姥岂敢言！"阿兄得闻之，怅然心中烦。举言谓阿妹："作计何不量！先嫁得府吏，后嫁得郎君。否泰如天地，足以荣汝身。不嫁义郎体[67]，其往欲何云？"兰芝仰头答："理实如兄言。谢家事夫婿，中道还兄门。处分适兄意，那得自任专？虽与府吏要[68]，渠会永无缘[69]。登即相许和，便可作婚姻。"

媒人下床去，诺诺复尔尔[70]。还部白府君："下官奉使命，言谈大有缘。"府君得闻之，心中大欢喜。视历复开书："便利此月内，六合正相应[71]。良吉三十日[72]，今已二十七，卿可去成婚。"交语速装束[73]，络绎如浮云。青雀白鹄舫[74]，四角龙子幡[75]。婀娜随风转，金车玉作轮。踯躅青骢马[76]，流苏金镂鞍[77]。赍钱三百万[78]，皆用青丝穿。杂彩三百匹[79]，交广市鲑珍[80]。从人四五百，郁郁登郡门。

阿母谓阿女："适得府君书，明日来迎汝。何不作衣裳，莫令事不举。"阿女默无声，手巾掩口啼，泪落便如泻。移我琉璃榻，出置前窗下。左手持刀尺，右手执绫罗。朝成绣夹裙，晚成单罗衫。晻晻日欲暝[81]，愁思出门啼。

府吏闻此变，因求假暂归。未至二三里，摧藏马悲哀[82]。新妇识马声，蹑履相逢迎。怅然遥相望，知是故人来。举手拍马鞍，嗟叹使心伤："自君别我后，人事不可量。果不如先愿，又非君所详。我有亲父母[83]，逼迫兼弟兄。以我应他人，君还何所望！"府吏谓新妇："贺卿得高迁！磐石方且厚，可以卒千年[84]。蒲苇一时纫，便作旦夕间。卿当日胜贵[85]，吾独向黄泉。"新妇谓府吏："何意出此言！同是被逼迫，君尔妾亦然。

黄泉下相见，勿违今日言！"执手分道去，各各还家门。生人作死别，恨恨那可论！念与世间辞，千万不复全。

府吏还家去，上堂拜阿母："今日大风寒，寒风摧树木，严霜结庭兰。儿今日冥冥[86]，令母在后单。故作不良计，勿复怨鬼神！命如南山石[87]，四体康且直[88]。"阿母得闻之，零泪应声落："汝是大家子，仕宦于台阁[89]。慎勿为妇死，贵贱情何薄？东家有贤女，窈窕艳城郭。阿母为汝求，便复在旦夕。"府吏再拜还，长叹空房中，作计乃尔立[90]。转头向户里，渐见愁煎迫。

其日牛马嘶，新妇入青庐[91]。奄奄黄昏后[92]，寂寂人定初[93]。"我命绝今日，魂去尸长留。"揽裙脱丝履，举身赴清池。府吏闻此事，心知长别离。徘徊庭树下，自挂东南枝。

两家求合葬，合葬华山旁[94]。东西植松柏，左右种梧桐。枝枝相覆盖，叶叶相交通。中有双飞鸟，自名为鸳鸯。仰头相向鸣，夜夜达五更。行人驻足听，寡妇起傍徨。多谢后世人[95]，戒之慎勿忘！

**题解** ———————— 本篇为汉乐府古辞。诗前原有小序："汉末建安中，庐江府小吏焦仲卿妻刘氏（兰芝），为仲卿母所遣，自誓不嫁。其家逼之，乃没水而死。仲卿闻之，亦自缢于庭树。时人伤之，而为此辞也。"建安（196—220 年），汉献帝年号。庐江，郡名，故治在今安徽庐江县西南。据序，此诗当以真人真事为依据，描写一出封建家长制度造成的爱情悲剧。关于诗的写作年代，有不同看法，也有人以为是六朝人拟作。目前多数主张为汉末作品，但在流传过程中可能经过润饰改定。不少选本依乐府诗惯例，取此诗首句"孔雀东南飞"为题。

## 注释

[1] 箜篌，古代弦乐器，状如古瑟，今失传。[2] 守节，指忠于职守。张玉谷说："言守当官之节，不为夫妇之情所移也。"（《古诗赏析》）[3] 这两句据《玉台新咏》补。[4] 断，裁断，指织满一匹后从织机上裁截下来。[5] 大人，指焦仲卿母。故，故意。[6] 徒留，徒然留下。施，用。[7] 白，告诉。公姥（mǔ），公婆，这里为偏义复词，偏指"姥"。按：观全诗，焦母似为寡妇。[8] 薄禄相，福薄的长相。古人迷信，认为人的命运可以从长相上看出。[9] 结发，指成婚。古礼，成婚之夕，男左女右共髻束发，故称。汉苏武诗："结发为夫妇，恩爱两不疑。"[10] 黄泉，指地下。这句意为至死也要相处在一起。[11] 始尔，刚开始。尔，语助，无义。[12] 何意，怎么料到。致，招致。不厚，不受喜欢。[13] 区区，愚笨。[14] 自由，自己作主，指与母意相悖。[15] 自名，本名。秦罗敷，汉民歌用来指称美貌女子。[16] 可怜，可爱。体，指体态。[17] 伏惟，匍匐思念。古时下对上的敬辞。[18] 取，同"娶"。[19] 槌床，拍打着床。槌，通"捶"，拍打，敲击。床，当时一种比板凳宽一些的坐具。[20] 会，必定。从许，允许。[21] 举言，指开口说话。新妇，犹后世言"媳妇"。非指新嫁娘。[22] 但，

309

只不过。［23］报府，赴府。［24］以此，为此。指上文"还必相迎取"。下心意，忍气吞声。［25］纷纭，这里有"麻烦""多事"之意。［26］初阳岁，指农历冬至后、立春前一段时间，其时阳气初动，故称。［27］谢，辞，别。［28］循公姥，遵照婆婆意旨行事。循，遵循、按照。［29］伶俜，孤单的样子。萦，缠、绕。［30］绣腰襦，绣花短袄。［31］葳蕤（wēi ruí），草木茂盛，这里形容绣襦上花纹美丽。［32］覆斗帐，方形，上小下大如斗状的双层帐子。［33］帘，同"奁"，镜匣。［34］后人，指将再娶的新娘。［35］遗（wèi）施，赠送，这里指留赠的礼物。［36］会因，见面机会。［37］严妆，郑重梳妆打扮。［38］通，遍。［39］流纨素，形容身腰柔美。纨素，洁白精致的细绢。［40］明月珰，珍珠耳饰。［41］含朱丹，形容嘴唇殷红。朱丹，朱砂。［42］纤纤，步履细巧的样子。［43］此句一作"阿母怒不止"。［44］却，退。［45］扶将，扶持，搀扶。［46］初七，指农历七月七日，古代妇女乞巧日。下九，古以每月二十九日为上九，初九为中九，十九日为下九。每逢下九，妇女常聚会游戏，称为"阳会"。［47］隐隐，及下句"甸甸"，均象声词，象车声。［48］区区怀，诚挚专一的感情。［49］见录，挂在心上。录，记。［50］磐石，大石。［51］蒲苇，水草。［52］亲父兄，这里是偏义复词，偏指兄。［53］逆，预料。［54］劳劳，怅惘忧伤的样子。［55］颜仪，容颜风度。无颜仪，指兰芝觉得羞惭。［56］拊掌，拍手，表示惊讶之意。［57］誓违，疑为"愆违"之讹。愆，"愆"的异体字。无愆违，犹言"无过失"，即下文之"无罪过"。［58］便言，即"辩言"，口才好。令才，美才。［59］丁宁，即"叮咛"，再三嘱咐。［60］非奇，不佳，不合情理。奇，嘉。［61］断来信，回绝来说亲的媒人。信，信使，这里指媒人。［62］适，出嫁。［63］寻，不久。丞，县丞，县令的佐吏。［64］承籍，继承先人的仕籍。宦官，此指官宦人家。［65］主簿，掌管文书簿籍的官吏。［66］以上数句疑有传讹。大意说媒人回复县令后，又有太守让主簿传言，叫县丞再去刘家为自己的儿子说亲。[67] 义郎，好男儿。这里是对太守五公子的美称。[68]
要，约。[69] 渠，他，指焦仲卿。[70] 诺诺、尔尔，形容连声答应称是。[71] 六合相应，
谓时辰合适，是吉日。六合，指月建与日辰的地支相合，即子与丑合，寅与亥合，卯与戌合，
辰与酉合，巳与申合，午与未合。古时论婚嫁，常按六合选吉日。[72] 良吉，良辰吉日。[73]
交语，互相传话。装束，指筹备婚礼所需的物品。[74] 青雀、白鹄，指船头上的画。这是古
代富贵人家的船头装饰。舫，船。[75] 龙子幡，绣着龙的旗帜。[76] 踯躅（zhí zhú），缓步
前行。青骢马，毛色青白夹杂的马。[77] 流苏，用彩丝或羽毛编制的下垂的装饰物。金镂鞍，
黄金雕饰的马鞍。[78] 赍（jī），赠、送。[79] 杂彩，各式绸缎。[80] 交广，交州和广州。
交州，汉郡名，今广东、广西等地。广州，本属汉交州，三国吴时分出，今广东地区。市，买。
鲑（xié）珍，泛指海味山珍。[81] 奄奄，日落昏暗的样子。瞑，暗。[82] 摧藏，凄怆、伤心。
[83] 父母，这里是偏义复词，偏指母。下句"弟兄"，亦是偏指兄。[84] 卒千年，千年不变。
卒，终。[85] 日胜贵，一天比一天高贵。[86] 日冥冥，日色昏暗。这里喻指自己的生命就
要结束。[87] 南山石，喻寿高而健康。语见《诗经·天保》："如南山之寿，不骞不崩。"[88]
四体，指四肢。直，舒适。[89] 台阁，指尚书台。尚书是汉代掌握机要文书的官。[90] 作计，
指自杀的打算。乃尔，就这样。立，决定。[91] 青庐，举行婚礼用的青布帐。这是当时习俗。
[92] 菴菴，同上文中的"奄奄"，昏暗的样子。[93] 人定初，指夜深人静。人定，古计时名
称，谓亥时，指晚上九时起。[94] 华山，闻一多说："华山盖庐江郡小山名，今不可考。"（《乐
府诗笺》）[95] 谢，告，告知。

# 评析

此诗长达三百五十余句，一千七百八十余字。如此鸿篇巨制，不仅在乐府中独一无二，在古代汉文诗歌史上亦首屈一指。通过兰芝请归、焦母逼儿、夫妻离别、阿兄逼嫁，直至双双殉情，完整地叙述了一出流传千古的爱情悲剧，蕴含着强烈的反封建精神。诗中的焦母，是封建势力的一个代表人物，而一心攀附高门的刘兄、诺诺唯唯的媒人，以及在幕外并未登场的县令、太守等，无一不是这场食人祭祀中的吹鼓手。但兰芝、仲卿的殉情，又不是软弱的屈服，而是在当时历史条件和具体环境下所能做出的最强烈的反抗。建安时代思想领域，汉朝统治者用以维系人心的儒学大为削弱，"从初平（汉献帝刘协年号）之元至建安之末，天下分崩，人怀苟且，纲纪既衰，儒道尤甚"（《三国志·王肃传》注引《魏略》）。诗出现于这一时期，正是人们思想解放在文学领域中的反映。其深刻的社会意义，是其他汉乐府诗无法比拟的。

在艺术上，本篇亦堪称乐府诗的一座高峰。尤其突出地表现在以下几点：一、结构细密，裁剪得当。汉乐府叙事诗大都仅截取某个生活侧面，缺乏完整的故事情节。此诗情节相当完整，且精于裁剪构筑，前后呼应。二、人物形象鲜明，个性有别。汉乐府重在叙事，多数作品对人物性格缺乏细致深入的刻画。而此诗于人物形象、性格刻画颇为注意，形态毕现。

逆浪故相邀<sup>[1]</sup>，菱舟不怕摇。妾家扬子住<sup>[2]</sup>，便弄广陵潮<sup>[3]</sup>。

長
干
曲

题解 ———————— 本篇《乐府诗集》收入杂曲歌辞。长干，地名。刘渊林注："江
东谓山冈间为干。建业之南有山，其间平地，吏民居之，故号
为干。"建业，即今南京。据考，大长干旧址在今南京中华门外，
小长干在凤凰台南，西通长江。此为采菱船女歌辞，大约是南
朝时期的作品。

## 注释

[1] 相邀，故意阻截。邀，阻拦，拦截。[2] 扬子，当是指扬子津，古长江北岸一渡口，在今扬州市南。[3] 便（pián），熟习。广陵潮，古代广陵潮水极大，枚乘《七发》谓"江水逆流，海水上潮"之时，"波涌而云乱……状如奔马……声如雷鼓……遇者死，当者坏"。广陵，古郡名，治所在今扬州市。

## 评析

南朝吴声、西曲类多男欢女爱之词，恐怕同乐曲性质有关，并非南歌千篇一律皆为恋歌。如这首《长干曲》即写一船女搏击风浪之豪情。"故相邀"，状"逆浪"之汹汹气势；"不怕摇"，言小舟之从容飞渡。后两句自报家门，道明身份，同时说明不畏风浪之缘故。"便弄广陵潮"，一个"弄"字，使豪迈无畏之情态愈见逼真。

忆梅下西洲[1]，折梅寄江北[2]。单衫杏子红，双鬓鸦雏色[3]。西洲在何处？双桨桥头渡。日暮伯劳飞[4]，风吹乌臼树[5]。树下即门前，门中露翠钿[6]。开门郎不至，出门采红莲。采莲南塘秋，莲花过人头。低头弄莲子，莲子青如水。置莲怀袖中，莲心彻底红[7]。忆郎郎不至，仰首望飞鸿[8]。鸿飞满西洲，望郎上青楼[9]。楼高望不见，尽日栏杆头[10]。栏杆十二曲[11]，垂手明如玉[12]。卷帘天自高，海水摇空绿[13]。海水梦悠悠[14]，君愁我亦愁[15]。南风知我意，吹梦到西洲。

**题解** ——————— 本篇最早著录于《玉台新咏》，题江淹作，但宋本《玉台新咏》不载；《乐府诗集》收入杂曲歌辞，题为"古辞"；明清人又有归属于梁武帝作者。其著作权恐已难以考定。诗写一居住西洲附近的少女对情人的相思之情。据唐温庭筠"西洲风日好，遥见武昌楼"（《西洲曲》）的诗句，可知西洲当距武昌不远，诗正产生于西曲流行处。全诗长三十二句，体制有别于一般吴声西曲，但风格颇相近，大约是在吴声西曲影响下产生的文人作品。

## 注释

[1] 下西洲，去西洲，到西洲去。此处"下"字，与李白"烟花三月下扬州"之"下"义同。一说，"下"为"落"义，意为回忆起梅落西洲时节（指当初爱恋定情之时）。[2] 江北，指情人所在之处。[3] 鸦雏色，小乌鸦羽毛的颜色。形容女子鬓发乌黑可爱。[4] 伯劳，鸟名。亦称"博劳"，一名鹀（jué）。一种仲夏始鸣，性喜单栖的鸟。[5] 乌臼树，落叶乔木，夏季开黄花，高可达六米左右。[6] 露翠钿，露出女子的身影。翠钿，翠玉制作的首饰，此借代女子。[7] 莲，谐音"怜"，爱。"莲心"，即为相爱之心。[8] 望飞鸿，古代有鸿雁传书之说，故"望飞鸿"有盼望音信之意。[9] 青楼，青漆涂饰的豪华精致之楼，多指女子居住之处。与后世指妓院义异。[10] 尽日，整日。[11] 十二曲，形容栏干弯曲多变。[12] 明如玉，形容女子手臂肌肤光洁如玉。[13] 海水，此即指江水。江水浩瀚，给人以如海之感。一说喻指秋夜蓝天，隔帘见天似海水晃漾。[14] 悠悠，渺远的样子。[15] 君，指折梅欲寄的情郎。

这是写相思的名篇。由春而夏而秋，将少女的一往情深同自然界之景移物换结合得十分紧密，而少女对情郎的无限思念，又几乎全是通过不同季节里少女的一系列活动，如折梅寄梅，倚门盼郎，南塘采莲和遥望飞鸿来表现的。少女娇稚可爱之模样，焦灼急切之情怀，都写得细腻传神。而时令季节之变迁，又大都以对富有时令特征之事物的描述来暗示：梅花，发于早春；"杏子红"之单衫，是春夏之交的穿着；伯劳鸟仲夏始鸣；至于采莲南塘更直接点出"秋"字。过渡极为自然，情味含蓄隽永。加上"接字"和"钩句"的反复使用，使全诗形成一种"续续相生，连跗接萼，摇曳无穷，情味愈出"（沈德潜《古诗源》）的特色，真堪称"言情之绝唱也"（陈祚明《采菽堂古诗选》）。其体制亦有别于吴声西曲，"似绝句数首攒簇而成，乐府中又是一体。初唐张若虚、刘希夷之七言发源于此"（《古诗源》）。可说是南朝乐府中艺术上最成熟之作。

东飞伯劳西飞燕，黄姑织女时相见[1]。谁家女儿对门居，开颜发艳照里闾[2]。南窗北牖挂明光[3]，罗帷绮帐脂粉香[4]。女儿年几十五六，窈窕无双颜如玉。三春已暮花从风[5]，空留可怜谁与同[6]？

题解 ———————— 本篇《乐府诗集》收入杂曲歌辞。诗感叹一美貌女子未能及时择偶，空度岁月。伯劳，鸟名，此鸟夏至来鸣，冬至飞去，与燕一样具有节候性。

东飞伯劳歌

## 注释

[1]黄姑,星名,即"牵牛"星,又称"河鼓""天鼓"。在银河南,与银河北之织女星遥遥相对。时相见,指牵牛、织女一年一度才能相见。[2]开颜,展露笑容。发艳,容光焕发。一作"开华发色",意同。里闾,乡里。[3]牖,墙上之窗。按:古汉语中"窗"指现在的天窗。《说文·穴部》:"在墙曰牖,在屋曰窗。"段玉裁注:"屋,在上者也。"挂明光,形容女子容颜出众、光彩夺目。[4]罗,与下"绮"均丝织品。帷,帐幔。[5]三春,此指春季第三个月。犹"暮春"。[6]可怜,即"可爱"。谁与同,一作"与谁同"。两句意为春暮花谢,韶华易逝,又与谁来同享大好青春呢?

## 评析

这首抒写相思之作,首以自然景象融入,劳燕分飞,牵牛织女隔绝,已隐隐暗示出一层相思悲慨之意。中六句是诗之主体,极力形容"女儿"之美貌无双。末两句点出题旨:青春易逝,犹如风中落花;如花美眷,谁与共享韶华?诗中流露的感叹在古代经常引起共鸣。后世同题之作,如萧纲的"余香落蕊坐相催,可怜绝世谁为媒",陈后主的"风飞蕊落将何故,可惜可怜空掷度",张柬之的"春去花枝俄易改,可叹年光不相待",皆抒写了类似的感情。

美女妖且闲，采桑歧路间[1]。柔条纷冉冉，落叶何翩翩[2]。攘袖见素手，皓腕约金环[3]。头上金爵钗[4]，腰佩翠琅玕[5]。明珠交玉体[6]，珊瑚间木难[7]。罗衣何飘飘，轻裾随风还[8]。顾眄遗光采，长啸气若兰[9]。行徒用息驾，休者以忘餐[10]。借问女何居？乃在城南端[11]。青楼临大路[12]，高门结重关[13]。容华耀朝日，谁不希令颜[14]？媒氏何所营[15]？玉帛不时安[16]。佳人慕高义[17]，求贤良独难。众人徒嗷嗷[18]，安知彼所观[19]，盛年处房室，中夜起长叹。

美女篇

曹植

题解 ———— 本篇即《齐瑟行》，作者另取篇首两字为题，《乐府诗集》收入杂曲歌辞。诗写一美女蹉跎岁月，盛年未嫁。清王尧衢说："子建求自试而不见用，如美女之不见售，故以为比。"（《古唐诗合解》）

323

## 注释

[1] 妖，美，指容貌。闲，雅，指品格。歧路，岔路。[2] 柔条，谓桑之长枝。一作"长条"。纷冉冉，纷乱下垂的样子。落叶，一作"叶落"。翩翩，形容落叶飘飞的样子。[3] 攘袖，拉上袖子。皓腕，洁白的手腕。约，束。[4] 金爵钗，雀形金钗。爵，通"雀"。[5] 琅玕，珠形玉石。《说文》："琅玕，似珠者。"[6] 交，连结之意。[7] 间，犹"与"。木难，碧色珠。《南越志》："木难，金翅鸟沫所成碧色珠也，大秦国珍之。"（《文选》李善注引）杨慎《丹铅录》："木难，按其形式，则今夷方所谓祖母绿。"[8] 还，旋，转。[9] 顾眄，回视。一作"顾盼"。长啸，撮口发出悠长清越的声音，魏晋间颇流行。[10] 行徒，行路之人。用，因。息驾，谓驻马停下。以，即"因"。与上句"用"义同，变文以避重复。[11] 何，一作"安"。[12] 青楼，青漆涂饰的豪华楼宇。按：汉魏六朝常以青楼为女子居处，与后世用作妓院代称不同。[13] 重关，两道门禁。[14] 耀朝日，容颜如朝日之光彩照人。这是古诗赋中常用之比喻。宋玉《神女赋》："耀乎若白日初出照梁屋。"希，羡慕。令颜，美貌。[15] 媒氏，媒人。[16] 玉帛，指圭璋和束帛，古时纳采所用之物。这两句意为媒人未及时让她被人聘娶。[17]

324

高义，高尚的品德。良，诚。[18] 徒嗷嗷，白白地嚷嚷不休。[19] 观，《玉台新咏》一作"欢"。按：疑当作"欢"。作者《愍志赋》："望所欢之欢居。"这两句说美女不从俗逐波。[20] 中夜，半夜。这两句说盛年已至，犹未嫁而独处房室，故中夜不寐，起而长叹。

## 评析 ————————

此诗显然受到汉乐府《陌上桑》的影响。写美女都从"采桑"发端，而"行徒"两句，更是《陌上桑》"行者见罗敷，下担捋髭须"与"耕者忘其耕，锄者忘其锄"的翻版。但两诗又迥然有别，不得以模拟视之。其一，刻画美女，工笔细绘，从手、腕、头、腰、体逐层描绘，既写身姿，又写服饰，兼及气质神韵、身份地位，与《陌上桑》白描的烘托不同。其二，构思立意，旨在抒情，与《陌上桑》叙说故事不同。诗中美女，正乃作者自喻，借以抒愤。其三，"辞极赡丽而句颇尚工，语多致饰"（胡应麟《诗薮》），与《陌上桑》的质朴通俗不同。至于《陌上桑》为乐歌，此诗则已脱离音乐，为案头徒诗，亦其性质不同之处。此诗显示出文人乐府诗雅致化、抒情化的倾向，清叶燮推许为"汉魏压卷"。

# 白马篇

曹植

白马饰金羁[1]，连翩西北驰[2]。借问谁家子？幽并游侠儿[3]。少小去乡邑[4]，扬声沙漠垂[5]。宿昔秉良弓[6]，楛矢何参差[7]。控弦破左的[8]，右发摧月支[9]。仰手接飞猱[10]，俯身散马蹄[11]。狡捷过猴猿[12]，勇剽若豹螭[13]。边城多警急，虏骑数迁移[14]。羽檄从北来[15]，厉马登高堤[16]。长驱蹈匈奴[17]，左顾陵鲜卑[18]。寄身锋刃端，性命安可怀[19]？父母且不顾，何言子与妻[20]？名编壮士籍[21]，不得中顾私[22]。捐躯赴国难，视死忽如归。

**题解** —————— 本篇《乐府诗集》收入杂曲歌辞，即《齐瑟行》。《太平御览》引作《游侠篇》，《文选》亦作《白马篇》。诗刻画一武艺高超的白马壮士的英雄形象。朱乾以为诗"寓意幽并游侠，实自况也"，"所云捐躯赴难，视死如归，亦子建素志，非泛述也"（《乐府正义》）。

## 注释

[1] 饰，装饰。金羁，黄金制的马络头。[2] 翩，迅疾奔跑的样子。西北驰，《晋书·郭钦传》："魏初人寡，西北诸郡，皆为戎居。"[3] 幽、并，古代二州名。幽州，今河北东北部一带。并州，今山西、陕西交界地区。古幽并两地人物均以剽悍勇侠著称。游侠儿，古称轻生重义之青年男子。[4] 去，离开。乡邑，犹"家乡"。[5] 扬声，传扬声名。一作"扬名"。垂，同"陲"，边远地区。[6] 宿昔，经常。秉，持。良弓，硬弓。《墨子》："良弓难张，然可以及高入深。"[7] 楛（hù）矢，以楛木为箭杆的箭。参差，长短不齐的样子。[8] 控弦，拉弓，开弓。的，箭靶的中心部位。[9] 月支，一种箭靶名。下文"马蹄"，亦箭靶名。[10] 猱（náo），猿类，体矮小，攀缘树木，轻捷如飞。[11] 散马蹄，指箭靶被箭击碎。马蹄，箭靶名。[12] 勇剽，勇猛轻疾。螭（chī），传说中的猛兽。[13] 虏骑，古汉族对北方民族军队的蔑称。一作"胡虏"。数，屡次。迁移，指调兵侵扰。[14] 羽檄，军中紧急文书。《汉书·高帝纪》："吾以羽檄征天下兵。"颜注："檄者，以木简为书，长尺二寸，用征召也。其有急事，则加以鸟羽插之，示速疾也。"[15] 厉马，策马，驱马。[16] 蹈，践踏。匈奴，古代北方少数民族，魏时分为五部，杂居于今山西北部地区。[17]

左顾，指转身回头看视。陵，亦践踏之义。鲜卑，亦北方少数民族，魏时散居今河北、山西地区。[18] 怀，惜。[19] 何言，哪里谈得上，即无法顾及之意。[20] 壮士籍，指将士名册。古时军中在一尺二寸之竹简上详记兵卒年龄、籍贯、相貌等。[21] 中，指心中。

## 评析

此诗谋篇布局颇具心思。开篇奇警，白马金羁，连翩急驰，即具先声夺人之势。"西北"古来就是多事之地，魏时亦胡人聚居之处，篇首云"西北驰"，已隐含伏笔；而后，不接以边城杀敌，反而插入一段人物介绍、技艺描写，略作顿挫；再承前写其报国赴难，"遥接篇首，陡入时事"（张玉谷《古诗赏析》）。"寄身"句以下，又改用人物自白，将其"捐躯报国心事，曲曲述出，以作收束。摸之真觉笔笔有棱"（同上）。语言通俗中见锤炼，缀词序景，极为讲究。

始出上西门[1]，遥望秦氏庐[2]。秦氏有好女，自名为女休[3]。休年十四五，为宗行报仇[4]。左执白杨刃[5]，右据宛鲁矛[6]。仇家便东南[7]，仆僵秦女休[8]。女休西上山，上山四五里。关吏呵问女休，女休前置辞："平生为燕王妇[9]，于今为诏狱囚[10]。平生衣参差[11]，当今无领襦[12]。明知杀人当死，兄言快快[13]，弟言无道忧[14]。女休坚辞[15]，为宗报仇死不疑！"杀人都市中，徼我都巷西[16]。丞卿罗东向坐[17]，女休凄凄曳梏前[18]。两徒夹我，持刀，刀五尺余。刀未下，朣朦击鼓赦书下[19]。

秦女休行

左延年

题解 —————— 左延年，三国魏人，妙于音律，善制新声。诗记述少女秦女休为宗族报仇杀人一事。此事未见史载，但似非纯出虚构。曹植《精微篇》曰："女休逢赦书，白刃几在颈。"也提及此事。萧涤非说："自东汉之末，私人复仇之风特炽，贤士大夫又往往假以言辞，遂致不可遏抑。"（《汉魏六朝乐府文学史》）于此诗亦可见当时习俗。魏黄初四年（223年），文帝曹丕下诏："今海内初定，敢有私复仇者皆族之。"女休杀人获赦，事当发生在此前。

## 注释

[1] 始，一作"步"。上西门，洛阳城西四门之一，从南向北第三门。[2] 庐，居室。一本作"楼"。[3] 自名，本名。[4] 宗，宗族。[5] 白杨刃，刀名。《广雅》："白杨，刀也。"[6] 宛鲁矛，宛鲁地区产的长矛。[7] 便东南，安居于东南。便，安适。[8] 仆僵，犹"僵扑"。意指仇家为女休杀死，僵扑在女休面前。"仆"字原无，据《汉魏乐府风笺》补。[9] 燕王妇，燕王之妻。按：女休为燕王妻事未详，李白《拟秦女休行》亦曰："婿为燕国王。"[10] 诏狱，关押钦犯的牢狱。汉朝在长安、洛阳两地均设有诏狱。[11] 参差，纷纭繁杂。衣参差，形容衣服的花俏。[12] 襦，短袄。无领襦，形容囚衣的简陋。与"衣参差"相比照。[13] 快快，郁郁不乐。[14] 无道忧，不必担忧。这是强作宽慰之语。[15] 坚辞，竭力诉说。[16] 微，遮拦。[17] 丞卿，官名；指执掌决狱的廷尉卿等。罗，一本下有"列"字。[18] 曳，拖。梏，木制手铐。《周礼·秋官·掌囚》："中罪桎梏。"郑玄注："在手曰梏，在足曰桎。"[19] 朣胧，击鼓声。

# 评析

这首叙事诗完全按情节发展顺序依次写来。先概括介绍主人公的情况：家居的位置、姓名、年龄，并以夸赞的口吻称之"好女"。作者为何要称赞她？是因为她"为宗行报仇"。接着一大段详述其手刃仇人，亡命山中，被捕后遭受审讯的经过。最后交代故事结局。情节极完整，虽然铺叙平直，但以一妙龄少女而报仇杀人，本身已有吸引人之处。女休杀人之际，左手执刃，右手持矛，一个弱女子手执兵刃，狂怒地冲向仇家，怎不令人动容？被审讯时，她态度从容，以其兄弟犹豫胆怯为陪衬，益显示出她的果敢坚毅。而原先"衣参差"，而今"无领襦"的诉说，又点出她的少女心态。至于从"燕王妇"一变为"诏狱囚"，大约是强调她杀人前后处境变化之剧，并不一定是实事。这种夸大其辞的手法，古乐府中屡屡可见。结尾处一波三折，"刀五尺余，刀未下"，何等危急！就在临刑之际，"朣胧击鼓赦书下"，诗亦戛然而止。

## 壮士篇

张华

天地相震荡，回薄不知穷[1]。人物禀常格[2]，有始必有终。年时俯仰过[3]，功名宜速崇。壮士怀愤激，安能守虚冲[4]。乘我大宛马[5]，抚我繁弱弓[6]。长剑横九野[7]，高冠拂玄穹[8]。慷慨成素霓[9]，啸咤起清风[10]。震响骇八荒，奋威耀四戎[11]。濯鳞沧海畔[12]，驰骋大漠中。独步圣明世，四海称英雄。

**题解** —————— 张华，西晋人，编纂有《博物志》，分类记载异境奇物、古代琐闻杂事及神仙方术。

郭茂倩说："燕荆轲歌曰：'风萧萧兮易水寒，壮士一去兮不复还。'《壮士篇》盖出于此。"但从诗具体内容看，似更多受到阮籍《咏怀》之三十九"壮士何慷慨，志欲威八荒"的影响。

## 注释

[1] 回薄，谓循环相迫，变化无常。穷，尽。这句化用贾谊《鵩鸟赋》："万物回薄兮，振荡相转。"不知穷，一作"不可穷"。[2] 常格，受常规。[3] 俯仰，指瞬息之间，形容时间短。[4] 虚冲，冲虚，虚静淡泊。[5] 大宛马，西域产的良马。大宛，古西域国名，在今中亚费尔干纳盆地一带，以产汗血马出名。[6] 繁弱，古良弓名。[7] 九野，犹言"九天"。[8] 玄穹，天空。按：晋宋人描述壮士形象率皆喜以弓箭为映衬，如刘琨《扶风歌》"左手弯繁弱，右手挥龙渊"即是一例。[9] 素霓，白虹。[10] 啸叱，即"呼啸"。这两句暗用荆轲刺秦王典故。据《史记·刺客列传》，荆轲入秦，有"白虹贯日"。[11] 耀，照耀。四戎，即"四夷"，古代华夏族对四方少数民族的统称。这里泛指外族。[12] 濯鳞，指鱼在水中洗濯。

## 评析

此诗不是一般地颂美壮士，而是站在生命价值的高度，抒写诗人的理想和抱负。诗人先从哲理入笔，揭示出宇宙无穷而人生有限的矛盾。人生转瞬即逝，理应速崇功名，创建事业，岂能枯守老庄恬淡无为之学！这在其时士大夫热衷于营造一己之安乐窝的晋代，实在可贵。接着，诗以浓墨巨椽，塑造了一个叱咤风云的壮士形象："乘我""抚我"，连用两"我"字，口气豪迈；"长剑""高冠"，状其英武；"慷慨""啸咤"，见其气势；"震响""奋威""濯鳞""驰骋"，极写其威震四夷八荒、横行沧海大漠的赫赫声威。紧紧抓住壮士的外形风貌、精神气概和功业目标，层层铺排张扬。结束两句，更是对壮士的最高礼赞，显示出诗人的人生追求。全诗自"乘我大宛马"以下十句，句句排偶，颇见文辞锤炼之功。

# 拟行路难

**鲍照**

（一）

对案不能食[1]，拔剑击柱长叹息。丈夫生世会几时[2]，安能蹀躞垂羽翼[3]？弃置罢官去[4]，还家自休息。朝出与亲辞，暮还在亲侧。弄儿床前戏，看妇机中织。自古圣贤尽贫贱，何况我辈孤且直[5]。

**题解** ———————— 《行路难》，本汉代歌谣，晋人袁山松曾变其音调，造新辞。古辞及袁辞俱佚。《乐府诗集》谓此曲"备言世路艰难及离别悲伤之意"，列入杂曲歌辞。现存最早之作即鲍照《行路难》十八首。这十八首诗当非作于一时一地，内容广泛，描述征人役夫之愁、怨女旷妇之悲、孤门贱子之恨，抒写对世道不平的愤懑。形式在当时堪称新颖，都采用七言和以七言为主的歌行体，突破自曹丕《燕歌行》以来七言诗句句押韵、一韵到底的陈规，隔句押韵，篇中换韵，对七言诗的发展功不可没。陆时雍誉之"如五丁凿山，开人世所未有"（《古诗镜》）。本篇原列第六，抒写求济世而不能的志士的内心苦闷。

## 注释

[1] 案，古时置放食器的小几。这里指酒食。
[2] 会，犹"能"之意。[3] 蹀躞（dié xiè），小步行走的样子。[4] 弃置，丢弃搁置，此指不理公事。[5] 孤且直，孤寒而且正直。孤，指寒门势孤，政治上无依靠。

## 评析

"上品无寒门，下品无世族"的门阀制度，不允许出身寒门的作者有施展抱负的机会，此诗即是他倾吐怀才不遇的一腔悲愤。诗一开头，愤激之言就喷薄而出。面对佳肴而"不能食"，心情烦闷至极。"拔剑击柱"，这一极其形象的细节，突出了他满腹牢骚郁积于胸而又无可发泄的苦闷。作者为什么如此呢？只因人生坎坷，壮志难酬，犹如雄鹰之羽翼摧挫不能奋飞。"弃置罢官去，还家自休息"以下，诗意转折，是一幅弃官归家后情趣盎然的生活图景。然而作者的人生目的绝不是悠闲终老，最后两句，貌似自我宽解，实则愤扼不平。"孤且直"三字，点出问题症结所在。全诗情感起伏跌宕，由压抑而迸发，而归于平静，而又生悲怆。句法上，五言、七言句式交替使用，呈现出"发唱惊挺，操调险急"（《南齐书·文学传论》）的特色。

（二）

君不见少壮从军去[1]，白首流离不得还。故乡窅窅日夜隔[2]，音尘断绝阻河关。朔风萧条白云飞[3]，胡笳哀急边气寒。听此愁人兮奈何[4]，登山远望得留颜。将死胡马迹，能见妻子难[5]。男儿生世辙轲欲何道[6]，绵忧摧抑起长叹[7]。

## 注释

[1] 此首原列第十四，写一白首征夫的怀乡之情。[2] 窅窅（yǎo），遥远的样子。[3] 朔风，北风。[4] 这句借用《楚辞·九歌·大司命》"愁人兮奈何，愿若今兮无亏"成句。[5] 这两句说，将死于边塞异族之地，难以再见到妻儿。能，本作"宁"，据《汉魏六朝百三名家集》改。[6] 辙轲，同"坎坷"，道路不平。这里比喻人生艰难。[7] 绵忧，绵长的忧愁。摧抑，郁抑。

## 评析

首两句先总写悲慨。"少壮""白首"的对比，一上来就给人以强烈的震撼。故乡窅窅，音尘断绝；朔风萧条，边地寒寂，接着声声胡笳逗起老兵怀乡愁思，但他除了登山远望抒愁外，又能做些什么呢？等待他的只能是老死边地，难见妻儿。征人役夫之悲，是乐府诗的传统题材，汉乐府《十五从军征》即是早期名作，前者取材老兵返归故里，家园已荡然无存；此诗则描述老兵在戍边时对家人的思念。

# 王孙游

谢朓

绿草蔓如丝[1]，杂树红英发[2]。无论君不归[3]，君归芳已歇[4]。

题解 ———————— 本篇《乐府诗集》收入杂曲歌辞。魏晋以降，文人乐府诗大都用汉乐府旧题。本篇跃过汉古辞，取题于《楚辞》，写思妇怀人之情。

## 注释

[1] 蔓，蔓延。[2] 红英，红花。[3] 无论，犹言"莫说"。[4] 芳已歇，春尽花落。暗喻美人迟暮，年岁老去。歇，尽。

## 评析

"王孙游兮不归，春草生兮萋萋"（《楚辞·招隐士》），这一怀人名句之语意，为后世诗人竞相采用，几成俗套。这首创作较早的小诗却不作简单的沿袭，而能于古词中翻出新意。绿草如丝，红花竞放，是春天景象。妙龄少女，睹此春景，自然会勾起情思，遥念远人。但诗后两句却笔势陡转，不写感叹远人未归，而是反其意而用之，说即便赶着回来，那灿烂群芳亦将凋歇，暗示人亦将像绿草红花一样衰老憔悴了，这便不仅是怀人，也是对青春易逝的感伤了。

# 杂歌谣辞

是不配合音乐的歌谣。实际上不属于乐府诗，因其风格与乐府所采民歌较接近，往往有足相印证处，故郭茂倩《乐府诗集》列为一类。

**离歌**

晨行梓道中[1]，梓叶相切磨[2]。与君别交中[3]，繻如新缣罗[4]。裂之有余丝[5]，吐之无还期。

题解 —————— 本篇《乐府诗集》收入杂歌谣辞。《诗纪》题作《杂歌》。似为汉代作品，是一首女性口吻的诀绝词。

## 注释

[1] 梓道，两侧种植梓树的路。梓，落叶乔木，树叶往往对生或三枚轮生，故后句谓其叶"相切磨"。[2] 切磨，犹"切摩"，交接密切而互相摩擦。[3] 别交，犹言分手。[4] 繿，破裂声。繿罗，泛指丝绢织品。繿，浅黄色细绢。罗，丝织品。[5] 丝，谐音"思"，双关语。这两句意为虽然分手，与余思犹存，欲一倾吐，惜再无归期。

## 评析

这首情人诀绝之词，极富民歌特色。诗六句，首两句是分手地点，以梓叶"切磨"，隐喻男女双方曾一度耳鬓厮守、交接情好而又颇多摩擦。次两句写二人诀绝，以丝绸破裂喻无可挽回。最后两句以"丝"谐"思"，双关隐语，写出情人间虽分手而余情犹存的矛盾心态。通篇以比喻手法一以贯之。值得注意的是，用双关谐音抒情达意，在汉诗中极罕见，直至六朝吴声西曲始蔚为一时风气，此诗或为滥觞者。

# 河中之水歌

　　河中之水向东流[1]，洛阳女儿名莫愁。莫愁十三能织绮[2]，十四采桑南陌头[3]。十五嫁为卢郎妇[4]，十六生儿字阿侯[5]。卢家兰室桂为梁[6]，中有郁金苏合香[7]。头上金钗十二行，足下丝履五文章[8]。珊瑚挂镜烂生光[9]，平头奴子擎履箱[10]。人生富贵何所望[11]，恨不早嫁东家王[12]。

题解 ——————————— 本篇《乐府诗集》收入杂歌谣辞，题为梁武帝（萧衍）作。《玉台新咏》《艺文类聚》均作无名氏作，今从之（参阅《东飞伯劳歌》题解）。此诗以莫愁女为题材。莫愁在六朝极为有名，亦有种种不同记载。清商曲中有《莫愁乐》。《旧唐书·音乐志》谓"石城有女子名莫愁，善歌谣"，谓是石城（今湖北钟祥市）人。后世又讹传为金陵（今南京）人。此篇则谓其洛阳人。大约是南朝乐府中美女的泛称，如汉乐府中的罗敷一样。

[1] 河，指黄河。洛阳距黄河很近，故以此起兴，引出下句。[2] 绮，有花纹的丝织品。《正字通·系部》："织素为文者曰绮。"[3] 南陌头，南边小路旁。[4] 卢郎妇，一作"卢家妇"。[5] 字阿侯，原作"似阿侯"，据《玉台新咏》《艺文类聚》改。[6] 兰室，古代女子居室的美称。犹"兰闺""香闺"。桂为梁，形容居室华贵芳香。桂，桂树，极芳香。梁，屋梁。[7] 郁金、苏合，两种名贵的香料。郁金，出古大秦国（古罗马帝国）；苏合，出古大食国（古波斯帝国）。[8] 丝履，绣花丝鞋，是古时富有的标志。汉桓宽《盐铁论》即谓"今富者常踏丝履"。五文章，五色花纹。一说，五，有纵横交互之章。亦通"午"，一纵一横交错。[9] 挂镜，古代镜子常挂于壁上，故称"挂镜"。[10] 平头奴子，不戴冠巾的奴仆。擎，一作"提"。履箱，不详何物。一说为藏履之箱。[11] 望，怨，怨恨。[12] 东家王，指东邻姓王的意中人。按：唐上官仪、元稹、李商隐、韩偓诸人诗文都指实"东家王"为王昌。元稹《筝》："莫愁私地爱王昌，夜夜筝声怨隔墙。"李商隐《代应》："本来银汉是红墙，隔得卢家白玉堂。谁与王昌报消息，尽知三十六鸳鸯。"据《襄阳耆旧传》："王昌字公伯，为东平相散骑，早卒。妇任城王曹子文女。"而详诗意，此"东家王"当非富贵者，唐人谓是王昌恐出附会。

# 评析

吴闿生谓此诗"以收束制胜"(《古今诗苑》)。诗之立意与鲍照《拟行路难》"璇闺玉墀上椒阁"颇相似,诗中莫愁虽嫁入富贵之家,却不迷恋富贵,依然渴求着真正的爱情。所不同的是,此诗采用的是欲擒故纵、卒章明旨的手法。全诗十四句中,连用十二句铺叙其生活环境的优裕,简直让人艳羡不已,感叹"人生富贵"至此无以复加。就在读者可能产生错觉误解之时,诗笔突然急转,一句"恨不早嫁东家王"点明题旨。诗的民歌风味极浓。首句以河水东流起兴引出洛阳女儿,饶有趣味。述莫愁经历,排比铺叙,同《焦仲卿妻》兰芝"十三能织素"一段颇有渊源。陈祚明赞云:"风华流丽,调甚高古,竟似汉魏人词。"(《采菽堂古诗选》)当均因其蕴有乐府本色所致。

敕勒川[1]，阴山下[2]。天似穹庐[3]，笼盖四野[4]。天苍苍[5]，野茫茫[6]，风吹草低见牛羊[7]。

敕勒歌

题解 —————— 本篇《乐府诗集》收入杂歌谣辞。据《乐府广题》，北齐高欢攻西魏玉壁城（今山西稷山县城西南西南），大败，"士卒死者十四五"，欢忧愤疾发，军心动摇。遂"勉坐以安士众，悉引诸贵，使斛律金唱《敕勒》，神武（高欢）自和之。其歌本鲜卑语，易为齐言，故其句长短不齐。"大约是一首北方少数民族的牧歌，经翻译而流传下来。敕勒，古代北方少数民族，又名铁勒。匈奴族后裔，后归属突厥。北齐时居住甘肃、内蒙一带。

## 注释

[1] 川，平川、平原。[2] 阴山，山名，在今内蒙古自治区北部，今名大青山。[3] 穹庐，北方游牧民族居住的圆顶毡帐，今俗称"蒙古包"。穹，物体中间隆起、四周下垂的样子。《汉书·匈奴传》颜师古注："穹庐，旗帐也。其形弯隆，故曰穹庐。"[4] 笼盖，笼罩。四野，四周的原野。[5] 苍苍，青蓝色。[6] 茫茫，辽阔深远的样子。[7] 见，同"现"，呈现，显露。

## 评析

这首短歌，出色地再现了北方草原的辽阔壮美，历来倍受赞赏。乔亿《剑溪说诗》说："南北朝短章，《敕勒歌》断为第一。"诗先以自豪语气交待敕勒族人生活的地域。接着如椽之笔，横扫天地。"穹庐"之喻，富于北方游牧民族色彩，写出寥廓恢宏的蓝天和蓝天下一望无际的草原。最后三句直接描写草原风光。其中"风吹草低见牛羊"，是全诗的关键，使诗境由静态一转而为动态，正因有此，诗中山川、天宇、平野等孤立的描写才融为一体，映衬成趣，组成一幅完整的北方草原图。《敕勒歌》体现了敕勒族人民的豪放性格和审美意识。全诗音调抑扬顿挫，语意浑朴自然，语句不假雕琢。金代诗人元好问《论诗绝句》赞之说："慷慨歌谣绝不传，穹庐一曲本天然。中州万古英雄气，也到阴山敕勒川。"

# 扶风歌

刘琨

朝发广莫门[1]，暮宿丹水山[2]。左手弯繁弱[3]，右手挥龙渊[4]。顾瞻望宫阙[5]，俯仰御飞轩[6]。据鞍长叹息，泪下如流泉。系马长松下，发鞍高岳头[7]。列列悲风起，泠泠涧水流[8]。挥手长相谢[9]，哽咽不能言。浮云为我结[10]，归鸟为我旋[11]。去家日已远[12]，安知存与亡？慷慨穷林中[13]，抱膝独摧藏[14]。麋鹿游我前，猴猿戏我侧。资粮既乏尽[15]，薇蕨安可食[16]？揽辔命徒侣[17]，吟啸绝岩中。君子道微矣，夫子故有穷[18]。惟昔李骞期，寄在匈奴庭。忠信反获罪，汉武不见明[19]。我欲竟此曲[20]，此曲悲且长。弃置勿重陈，重陈令心伤。

**题解** ————————— 永嘉元年（307 年）九月，刘琨出任并州刺史，抗击北方民族军队的南侵,此诗即是写他率军转战并州途中的艰难历程。扶风，郡名。曹魏以右扶风改名，治所槐里（今陕西兴平县），西晋移治池阳（今陕西泾阳县西北）。此诗内容与"扶风"无关，当系用乐府旧题创作。

## 注释

[1]莫门,晋都洛阳北门。刘琨赴任并州,并州位于洛阳北,故出广莫门。[2]丹水山,一名丹朱岭,丹水发源处,在今山西高平市北。[3]弯,拉弓。繁弱,古良弓名。《荀子·性恶》:"繁弱,巨黍,古之良弓也。"[4]龙渊,古宝剑名。《战国策·韩策》:"龙渊、太阿,皆陆断牛马,水击鹄雁,当敌即斩坚。"[5]顾瞻,回头看。[6]俯仰,犹"高低",形容驾车时颠簸起伏状。御,驾车。飞轩,奔驰如飞的车子。[7]发鞍,卸下马鞍,让马休息。高岳,高山。[8]冽冽,寒冷的样子。一作"烈烈"。泠泠,形容声音清越,此状泉水声。按:悲风冽冽,涧水泠泠,正是九月深秋景象。[9]谢,告辞。[10]结,凝聚。[11]旋,盘旋。[12]去,离,离开。[13]穷林,深林。[14]摧藏,极度伤心。[15]资粮,指军中粮草。[16]薇、蕨,两种野草名,贫苦者常用其嫩叶来充饥。[17]揽辔,挽住马缰绳。徒侣,随从,此指军中士卒。[18]微,衰落。夫子,指孔子。《论语·卫灵公》:"(孔子)在陈绝粮。从者病,莫能兴。子路愠,见曰:'君子亦有穷乎?'子曰:'君子固穷,小人穷斯滥矣。'"故,一作"固"。[19]李,指汉李陵。骞,

通"愆"，超过期限。西汉武帝天汉二年（前99年），李陵率步卒五千出塞，被匈奴主力八万人包围，陵力战，终不敌，降。其家遭武帝诛灭。司马迁曾为之辩解，谓陵"常奋不顾身，以殉国家之急"，"身虽陷败彼，观其意，且欲得其当而报汉"（《报任安书》）。下"忠信反获罪，汉武不见明"两句，即本此而言。[20] 竟，终。竟此曲，指乐曲演奏完毕。汉魏六朝乐府中常用套语。

评析 ————

作者在赴并途中曾上表云："道险山阻，胡寇塞路。辄以少击众，冒险而进。顿伏艰危，辛苦备尝。"比照而读，更可知此诗确是"实录"，事真、景真、情真。诗用顺叙，"朝"发洛阳而"暮"至丹水，表明军情急迫，行军迅疾；"弯繁弱""挥龙渊"，大将风采，宛然可见。顾瞻城阙，"叹息"而"泪下"，暗示国步艰难，前途莫测，感情由豪迈而转为悲慨。接下去二十句，极力描摹行军途中的所见所思。洛阳赴并沿途，由于连年战争，民众"流移四散，十不存二"（《请粮表》），故人烟稀少，所见者无非麋鹿、猿猴之类。由于朝政腐败，动辄牵肘，中原瓦解之势已难逆转，君子道微、夫子固穷，正道出他"知不可为而为之"的决心。诗结末用李陵之典，包含了自己无限悲凉的复杂心境。正如沈德潜所说："（刘琨）英雄失路，万绪悲凉，故其诗随笔倾吐，哀音无次，读者乌得于语句间求之。"（《古诗源》）

# 作者介绍 ———————

王运熙，（1926—2014），历任复旦大学中文系教授、中国语言文学研究所所长。

二十世纪四十年代末期开始研究汉魏六朝文学，在乐府研究领域公认创下里程碑似的成就。著有《六朝乐府与民歌》《汉魏六朝唐代文学论丛》《文心雕龙探索》等，主编有《中国文学批评史》（三卷本）。

王国安，曾任复旦大学国际文化交流学院汉学研究所所长，师从王运熙先生。著有《王绩诗注》《隋唐文学史话》《柳宗元诗笺释》等。

了了，剪纸艺术家。从 2008 年开始用手绘手工雕刻来创作剪纸作品。现居北京。

# 一頁 folio

始于一页，抵达世界

Humanities · History · Literature · Arts

出品人 范新

出版统筹 恰恰

选题策划 胡晓镜

责任编辑 胡晓镜

营销编辑 张延

版权总监 吴攀君

印刷总监 刘玲玲

书籍设计 潘焰荣

内文制作 燕红

Folio (Beijing) Culture & Media Co., Ltd.
Bldg, 16-B, Jingyuan Art Center,
Chaoyang, Beijing, China 100124

官方微博：@一頁 folio ｜ 官方豆瓣：一頁 ｜ 媒体联络：zy@foliobook.com.cn

一頁 folio
微信公众号

图书在版编目（CIP）数据

乐府之乐 / 王运熙，王国安评注；
了了作. —桂林：广西师范大学出版社，2021.7
（2022.2 重印）
ISBN 978-7-5495-7949-5

Ⅰ.①乐⋯ Ⅱ.①王⋯ ②王⋯ ③了⋯ Ⅲ.①乐府诗 –
诗歌欣赏 – 中国 – 古代 Ⅳ.① I207.226

中国版本图书馆 CIP 数据核字 (2021) 第 078118 号

YUE FU ZHI LE

乐府之乐

评　注：王运熙　王国安
剪　纸：了　了
责任编辑：王辰旭
特约编辑：胡晓镜
书籍设计：潘焰荣
内文制作：燕　红

广西师范大学出版社出版发行
　　广西桂林市五里店路 9 号　邮政编码：541004
　　网址：www.bbtpress.com
出版人：黄轩庄
全国新华书店经销
发行热线：010-64284815
北京九天鸿程印刷有限责任公司印刷
开本：889mm×1194mm　1/24
印张：15.5　字数：150 千字　图片：60 幅
2021 年 7 月第 1 版　2022 年 2 月第 2 次印刷
定价：148.00 元

如发现印装质量问题，影响阅读，请与出版社发行部门联系调换。

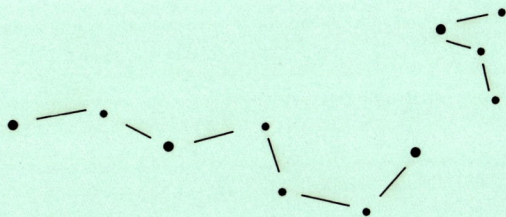

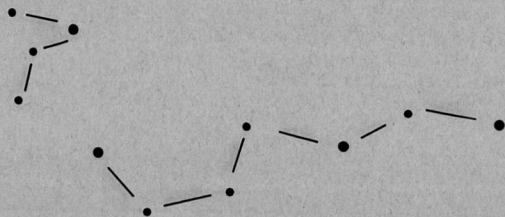

## 孤儿行

孤儿生[1]，孤子遇生[2]，命独当苦。父母在时，乘坚车，驾驷马。父母已去[3]，兄嫂令我行贾[4]。南到九江[5]，东到齐与鲁[6]。腊月来归[7]，不敢自言苦。头多虮虱[8]，面目多尘。大兄言办饭，大嫂言视马。上高堂[9]，行取殿下堂[10]，孤儿泪下如雨。

使我朝行汲[11]，暮得水来归。手为错[12]，足下无菲[13]。怆怆履霜，中多蒺藜[14]。拔断蒺藜肠月中[15]，怆欲悲。泪下渫渫[16]，清涕累累[17]。冬无复襦[18]，夏无单衣。居生不乐[19]，不如早去，下从地下黄泉[20]。

春气动，草萌芽。三月蚕桑，六月收瓜。将是瓜车[21]，来到还家。瓜车反复[22]，助我者少，啖瓜者多[23]。愿还我蒂[24]，兄与嫂严，独且急归[25]，当兴较计[26]。

乱[27]曰：里中一何譊譊[28]，愿欲寄尺书，将与地下父母[29]，兄嫂难与久居[30]。

138